편집자의 사생활

편집자의 사생활

고우리 지음

미디어샘

추천의 글

◇

호랑이 같은 부장님과 연봉 협상 이야기에서부터, 퇴사, 출판사 이름 짓기, 1인 출판사 창업기, 작가에게 원고 받기, 출판계의 대선배 만나기, 북토크 준비와 택배 싸기에 이르기까지 저자가 15년 넘게 이어온 편집자로서의 이야기가 낱낱이 담겼다. 이 책의 가장 큰 장점은 그 모든 이야기가 마치 옆에 앉은 오랜 친구가 와인 한 잔 마시며 속 이야기를 모두 꺼내놓는 것처럼 진솔하다는 점이다. 언제나 우리 삶에 가장 값진 이야기는 그럴싸한 이야기보다는 진실한 이야기다. 진실한 이야기들만이 우리 마음의 중심에 들어와 삶을 흔들어놓기 때문이다. 고우리 편집자의 이야기도 그렇게 삶을 흔들어놓는다.

— **정지우**(작가)

◇

편집자로 만난 고우리는 칼 같은 사람이었다. 전광석화처럼 일 처리를 해서 보냈고, 그가 써보낸 붉은 글씨는 모자란 작가의 가슴을 아프게 가격하며 앞으로 나아가도록 추동했다. 그리 공을 들이는 것 같지도 않았는데, 받아본 편집본은 놀랄 정도로 정확하고 예리했다. 이 책을 통해 만나는 개인 고우리는 그때와 너무 다르다. 같은 인물이 맞나 싶을 정도로 다른 인격체가 환하게 웃으며 자신의 게으름과 못남과 바보 같음을 발설한다. 그 부산한 찰랑임을 들여다보며 나는 생각한다. 결함을 이렇게 경쾌하게 드러낼 수 있다니! 약점과 지질함을 감추는 데 만전을 기하며 살아온 나는 그 부조화가 만들어내는 환한 빛에 움찔하며 음흉하게 샘을 낸다. 인간적 한계를 이렇게 솔직한 방식으로 드러내는 사람은, 제 영혼의 역동을 이렇게 투명하게 드러내는 사람은 세상에 이 저자밖에 없을 것이다.

— **정아은**(소설가)

◇

그녀가 창업한 출판사 '마름모'의 캐치프레이즈는 "평행하는 선들은 결국 만난다"이다. 읽는 사람을 순식간에 궁리로 내모는 기이한 글귀. 수학자가 봤으면 질겁을 하겠다. 그의 명함에 적혀 있던 문장은 얼핏 말장난처럼 보였다. 하지만 생각의 도마 위에 올려놓고 칼질을 할 때마다 이 짧은 문장의 의미는 변했고, 변했으며, 또 변했다. 그러던 어느 날 나는, '아! 마름모!' 하며 손뼉을 쳤다. 똑같은 간격으로 평행하는 선 두 쌍이 서로 다른 각도에서 달려오다 만나면, 그렇다! '네 변의 길이가 모두 같은 특별한 도형' 마름모가 만들어진다. 마름모처럼 철저하고 감동적인 균형이 또 있을까 싶었다. 그러고 보니 이 책도 마름모다. 책 만드는 고우리와 글 쓰는 고우리, 평행하던 그 둘이 결국 만났으니까 말이다. 가벼운 농담 같은 말투지만, 맹렬한 위트와 격렬한 사유를 똑같은 변의 길이로 담고 있는 책이다.

— **김성신**(출판평론가)

차례

SEASON 1   편집자가 사장?!

SEASON 2　편집자의 사생활

편집자가 사장?!

SEASON 1

아무도 궁금해하지 않는 나의 이력

내 출판 경력은 좀 드라마틱한 편이다. 어쩌다가 《마법천자문》으로 대박이 난 출판사에서 시작했다. 회사는 영어 버전 《마법천자문》을 만들어 또다시 대박을 꾀하고자 했는데, 이를테면 독수리(eagle)와 카펫(carpet)을 합쳐 '이글 카펫'이란 캐릭터를 만들고 스토리를 입혀 영어를 배우는 콘셉트였다. 이른바 '에듀테인먼트'가 최고로 유행하던 시기였다. 그러나 나의 철학에 의하면 공부란 원래 어렵고 힘든 것. 나의 철학에 반하여 1년 남짓 만에 퇴사하고 만다.

두 번째 회사는 성인 단행본을 만드는 회사였는데, 또 어쩌다가 거기서 어린이 그림책 브랜드를 론칭하게 되었다. 내가 그림책을 만든다고 하니 나의 친구들은 아니 된다고, 네 어두운 기운으로 어린이들을 물들이면 아니 된다고 말렸다. 그런데 그림책을 만들면서 반대로 내가 어린이화해가기 시작했다. 명랑한 어린이 그림책들을 보면서 나는 그전보다 훨씬 밝아졌다. 그림에는 뭔가 치유의 기능이 있는 것이 분명하다. 줄창 외국 그림책을 번역해 만들다가 국내 어린이 책 기획으로 입문해야 할 즈음, 나는 충분히 치유가 되었는지 이만 그림책에서 발을 빼기로 한다.

세 번째 회사는 두 번째 회사의 모회사였다. 거기서는 세계문학전집을 만들었다. 3년 반 동안 내가 참여한 책이 17~18종 정도 된다. 《데미안》과 《롤리타》 《젊은 베르테르의 슬픔》과 《목로주점》을 비롯한 주옥같은 책들이다. 나는 이 출판사에서 작가와 텍스트에 대한 존중을 배웠다. 대신 혹독하디 혹독한 트레이닝 기간을 거쳤다. 그때가 아마 내가 가장 집중력이 좋고 생산력이 (반강제로) 왕

성할 때가 아니었나 싶다. 그 시절을 돌아보면 어찌나 극적인(?) 에피소드들이 많은지, 출판계 친구들이건 작가님들이건 당시의 내 이야기를 들으면 울고 웃는다.

네 번째 회사는 이것저것 다 출간하는 종합출판사였다. 한 3개월 동안은 일이 너무 힘들어 울면서 다녔다. 회사 옆에는 가정집 주택으로 올라가는 계단이 있었는데, 추운 겨울 혼자 계단에 앉아서 담배를 피우며 질질 짜곤했다. 원래 문학을 전공했던지라 내가 행동경제학 책이나 미래학 책을 편집하게 될 줄은 몰랐다. 정통 외국문학을 편집하다가 경제경영서, 자기계발서, 교양과학, 자연에세이, 정치가의 평전 등 가리지 않고 다 만들었다. 그 시절을 거치니 좋은 점은, 지금은 겁나는 책이 별로 없다는 것이다. 거기서 온갖 책을 섭렵하며 이른바 '포장이란 무엇인가'를 배웠고, 조직생활을 하면서 처음으로 '정의란 무엇인가'를 고민하게 되었다.

그리하여, 다섯 번째 회사에서 기획한 첫 번째 책은 《민주주의는 회사 문 앞에서 멈춘다》가 되었다. 사회과

학은 하나도 모르는데 또 어쩌다가 인문사회팀에 들어갔다. 입사해보니 회사에 쌓아둔 원고가 없어서 1년에 열권 가까이 기획을 했다. 기획하고, 편집하고, 그 실험(?)의 결실들을 쓰든 달든 맛볼 수 있었던, 나의 출판기획의 편력시대가 아니었나 싶다. 내가 아는 사랑하는 작가님들은 대부분 이때 연이 닿았다. 여기서 작가님들이랑 지지고 볶고 노는(?) 일이 내 적성에 맞는다는 걸 깨달았다. 비로소 '편집자 정체성'을 갖게 된 것이다.

여섯 번째 회사에는 아주 잠깐 발을 담갔다. 입사할 때부터 내가 회사생활을 한다면 여기가 마지막이 되리라 예상했다. 2006년 하반기부터 편집자 일을 시작했으니 이제 16년 차다. 때가 되었다. 자유란 무엇인가, 행복이란 무엇인가…. 나는 진지하게 다른 삶을 고민했고, 그리하여 16년의 직장생활에 마침표를 찍고 회사를 박차고 나오게 되는데….

너는
독립 안 해?

경력 십몇 년 차를 넘어가기 시작하면서부터 "너는 독립 안 해?"라는 말을 자주 들었다. 아마 나같이 팀장급을 지나 편집장급에 이르게 되면 무슨 통과의례처럼 한 번씩 듣게 되는 질문이 아닌가 싶다. 독립? 내가? 나는 독립이 유관순 언니처럼 '대한 독립 만세!' 정도는 외칠 수 있는 신념과 배짱이 없으면 할 일이 못 된다고 믿었다. 내가 출판에 쏟은 세월만큼이나 출판이 힘들다는 걸 뻔히 알기 때문이다.

그러나 어느 순간부터 편집자는 진로를 진지하게 고민하게 된다. 편집자가 아니더라도, 회사를 다니는 누구나 마찬가지가 아닐까. 조직은 피라미드 모양이다. 위로 갈수록 내가 앉을 자리는 점점 좁아진다. 회사를 오래 다닐 수 있을까? 편집자로서 내 수명은 언제까지일까? 이 회사에 뼈를 묻어야 하나? 아니, 뼈를 묻게나 해줄까…? 내가 멘토로 모시는 한 선생님이 그러셨다. "고우리야, 너 독립해라. 출판편집자가 나이 들면 둘 중 하나 아니겠니? 사장이 되거나 외주편집자로 빠지거나. 언제고 무슨 형태로든 독립해야 한다. 그건 시간문제다."

맞다. 내게도 그런 시점이 온 것이다. 16년 가까이 출판사에서 근무했다. 대여섯 번의 이직을 했다. 많이도 돌아다녔고 그만큼 인맥도 넓어졌다. 몇 다리 건너면 다른 회사 돌아가는 사정까지 훤히 알 수 있을 정도가 되었다. 이제 더는 가고 싶은 곳도, 갈 곳도 없었다. 아, 회사생활 할 만큼 했다 하는 생각이 들었다.

무엇보다 자유로워지고 싶었다. 누군가의 밑에서 또는 누군가를 위해서 일하는 것이 이제 재미가 없어졌다. 어느 순간부터 윗사람에게, 사장에게 인정받고 싶은 욕구가 사라졌다. 그들에게 인정받는 것이 더 이상 목표가 아니게 되었다. 나는 일하면서 나만의 목표를 세웠고, 내가 세운 목표에 도달하는 것이 나의 목표가 되었다. 어느 순간부터 자연스럽게 자유로워질 준비를 하고 있었던 건지도 모른다.

그러고 나니 선택의 여지가 훨씬 넓어진 것만 같았다. 회사를 다니는 것 말고, 누구 밑에서 일하는 것 말고 다른 선택지가 있었다. 출판편집자에겐 1인출판사라는 가능성이 있으니까. 망하면 어때? 편의점 아르바이트라도 하면 되지(물론 그게 쉽다는 말은 절대 아니다). 부담감으로 몸이 내려앉을 것 같을 때마다 그런 농담 같은 말을 중얼거렸다. 인생 뭐 있어?

사실 출판에 목숨 걸진 않았다. 무슨 대단한 신념이나 배짱이 있었던 것이 아니다. 그저 자유로워지고 싶었다. 그래서 이제까지와 다른 길을 선택했다. 나는 이것을 '내 인생의 프로젝트'라고 부른다. 편집자가 아닌 사장으로서의 나는 어떨 것인가? 사장이 될 역량이 있는 사람일까? 아니면 버티지 못하고 중간에 무너지게 될까? 나라는 인간을 가지고 한번 실험해보고 싶었고, 나를 시험에 들게 해보고 싶었다. 나는 그저 '출판사 사장 되기'라는, 내 인생의 새로운 프로젝트를 시작한 것이다. 인생 뭐 있나?

준비도 없이

독립을 한다고 하니 출판을 좀 안다고 하는 분들은 이렇게 조언해주었다. 회사 다닐 때 많이 많이 준비해두어라. 기획도 활발히 하고 원고도 좀 쌓아두고 퇴사하여라. 책이 너무 띄엄띄엄 나오면 먹고살기 힘들다. 월급 따박따박 나올 때 작가들이랑 미리미리 계약해두고 나가야 한다….

회사에서 알면 야속하고 서운할 얘기지만, 독립하려는 편집자에겐 참으로 현실적인 조언이 아닐 수 없다. 책만 만들 줄 알았지 아무것도 모르는 나 같은 편집자가 홀로 출판계라는 맨땅에 헬멧도 없이 헤딩하러 간다는데, 이보다 더 이성적인 조언이 또 있을까. 맞다. 어떤 분은 회사 다닐 때 벌써 외서 계약을 몇 건 해두고 번역까지 진행 중이라고 들었다. 국내 저자 선생님들과 구두계약을 단단히 맺고 퇴사했다는 분도 있었다. 인디자인이나 일러스트 같은 디자인 프로그램을 마스터했다는 분도 있다고 했다.

나의 경우는 좀 애매했다. 나는 당시 다니던 회사에서 편집장으로 일하고 있었는데, 뭘 적극적으로 준비한다는 게 모양새가 좋지 않았다. 명색이 편집장 직함을 달고 있으면서 작가님들에게 연락을 돌려, 저 이제 곧 퇴사해요. 작가님, 저한테 원고 하나만 주세요, 할 수는 없는 노릇이었다. 많이 양보해서 나와 작업을 해본 친한 작가님의 경우에는 그나마 말이라도 꺼내볼 수 있을지언정, (심지어 회사에 다니면서) 일면식도 없는 작가님에게 새로 출발하는 출판사를 위해 무턱대고 원고를 달라고 할 수는 없었다. 작가 입장에서 그런 편집자/대표를 어떻게 믿고 일을 맡기겠는가. 나는 회사 일을 하면서 독립을 준비하는 고도의 멀티태스킹에 실패했다.

모르긴 해도 나같이 아무 준비도 없이 퇴사하는 사람은 흔치 않을 것 같다. 나는 사업자등록증과 출판사신고확인증만 달랑 만들어두고 배짱도 좋게 퇴사를 결정했다. 회사 일과 독립 준비, 두 가지를 동시에 하는 것보다 그게 맘이 훨씬 편했다. 퇴직금을 가지고 아르바이트라도 하면서 길면 1년 정도는 버텨볼 심산이었다. 쉬면서 열심히 기획도 하고 계약도 해보자!

이제 막 시작하는, 집도 절도 뭣도 없는 1인출판사에게 원고를 주는 일은 작가로서는 쉽지 않은 결정일 것이다. 이 조그만 회사가 자본은 얼마나 있는지, 마케팅은 제대로 해줄지, 이름 없는 출판사라 내 책이 아주 묻히지는 않을지, 나라도 이것저것 재볼 것이다. 시작하는 1인출판사에서 가장 지난한 일은 원고를 받는 일이다. 이 맘은 1인출판사 대표님들만이 안다.

그런 면에서 나는 운이 좋은 편에 속할 것이다. 다니던 회사들에서 기획하고 편집한 경험이 차곡차곡 쌓여서 친분이 있는 작가님들이 제법 있었다. 나는 이미 함께 작업하며 호흡을 맞춘 작가님들에게 모조리 연락을 드렸다. 그리고 퇴사 후 한 달여 만에 열 분 정도의 작가님들과 계약을 맺게 되었다. 게다가 이건 또 무슨 복인지, 그들은 모두 좋은 원고를 쓰는 좋은 사람들이다. 이들을 나는 '나의 작가님들'이라고 부른다. 나의 작가님들, 나의 작가님들…. 이렇게 아무 준비도 없이 회사를 시작한 나는, 이제 나의 작가님들을 들들 볶아 원고를 받아내는 일만 남았다고 생각했는데….

출판사 이름 짓기

제목을 잘 짓는다는 소리를 종종 듣는다. 어떤 제목들은 내가 봐도 꽤 봐줄 만하다. 이를테면 《민주주의는 회사 문 앞에서 멈춘다》나 《공부의 미래》, 내가 편집하진 않았지만 내가 지은 《나는 감이 아니라 데이터로 말한다》 같은 제목들이 그렇다. 그런데 출판사 이름을 지을 때는 고욕이었다.

내 원칙은 이랬다. 첫째, 무슨 무슨 '북스', 무슨 무슨 '서재', 무슨 무슨 '서가' 같은 꼬리표를 달지 않는다. 그런 이름들은 너무 많다. 둘째, '창작과비평' '문학과지성' '교양인'과 같이 이름에 지향점을 담지 않는다. 이름은 그냥 이름이고 싶었다. 셋째, 한글로 짓는다. 대원칙은 출판사 이름은 쉬워야 한다는 것이었다.

출판사 이름은 접근하기 쉽고 친근하게 짓고 싶었다. 나는 왜 그렇게 출판사 이름에 자연 명칭이 많이 들어가 있는지 그제야 깨달았다. 그것처럼 쉽고 친근한 이름이 없었다. 산, 강, 숲, 하늘, 바람, 나무, 바다, 봄, 여름, 가을, 겨울, 아침, 저녁, 해, 달…. 그리고 그 단어들이 포함된 수

많은 합성어들, 예컨대 푸른숲, 갈마바람, 남해의봄날, 아침달, 책읽는저녁…. 자연 명칭에 '책'이나 '생각' '글'처럼 출판을 연상시키는 단어를 붙여 만든 이름도 상당하다. 책바다, 생각의나무, 글뿌리, 글봄 등.

현재 대한민국에 상호 등록된 출판사가 약 9만 8천여 개다. 그러니까 생각할 수 있는 거의 모든 이름이 이미 존재한다고 생각하면 쉽다. 검색하면 다 나온다. 이름 짓기가 이렇게 어려울 줄이야…. 출판사 이름을 지을 동안은 길을 가다가도 거리의 간판들만 보였다. 무슨 단어를 보면 이런저런 단어들과 요렇게도 붙여보고 저렇게도 붙여보았다. 무려 한 달이 넘도록 그러고 다니다 포기했다….

친구들에게 SOS를 쳤다. 제발 이름 좀 지어달라고, 그럼 출판사를 차리거든 사외이사로 임명하겠다고 했다. 내가 그 빛나는 아이디어와 넘치는 창의력을 높게 사는 이경란 디자이너가 이런 말을 툭 던졌다. "선배, 누가 그러는데 그럴 때는 사전을 펼쳐보래요. 혹시 알아요? 생각지도 못했던 게 튀어나올지."

오호! 다행히 나에겐 좋은 국어사전이 있다.《보리 국어사전》이다. 아동용으로 제작된 이 사전은 중간중간에 귀여운 일러스트가 삽입된 쉬운 우리말 사전이다. 나는 이 두꺼운《보리 국어사전》을 한 장 한 장 넘겨보기에 이른다. 가, 나, 다, 라, 마….

그러다 발견한 것이 '마름모'라는 단어다. 음? 마름모? 마름모? 귀여운데? 꽤 귀여운데? 로고는 그냥 마름모로 하면 되겠네? 이 이름을 쓰는 출판사가 있는지 바로 검색에 들어갔다. 세상에나! 이 한국 땅에 '마름모'라는 이름을 쓰는 출판사가 한 군데도 없다니. 드디어 블루오션을 발견한 것이다!

이름을 짓고 나니 그럴듯한 '슬로건' 같은 것을 갖다 붙여야만 할 것 같았다. 이를테면 '지식이 지혜로 바뀌는 순간'(어크로스)이라든지, '경계를 허무는 콘텐츠 리더'(북21)라든지, '작고, 단단하게, 재미있게'(유유)라든지…. 마름모 로고를 뚫어져라 바라보았다. 말 그대로 마름모 모양이다. 네 변의 길이가 같다. 마주 보는 두 쌍의 변이 서로 평행하다. 평행, 평행, 평행….

　평행하는 선들은 결국 만난다.

　마름모의 슬로건은 "평행하는 선들은 결국 만난다"
가 되었다. L작가님이 말씀하시길, 내가 언젠가 노벨 수
학상을 받을 것 같다는 거다. 평행하는 선들이 어떻게 만
나느냐고, 만나지 않는 선들을 만나게 했으니까 말이다.
"왠지 마름모에선 수학책이 많이 나올 것 같은데요?"라
고 작가님은 나를 끈덕지게 놀리신다. 그렇다. 나는 이렇
게 뜬금없는 출판사 이름에 말도 안 되는 슬로건을 갖다
붙여놓은 마름모 출판사의 대표다. 평행하는 선들은 만나
지 않지만, 마름모의 세계관 안에선 만나게 된다. 서로 팽
팽하게 평행선을 달리던 대결 구도들이 마름모의 세계관
안에서는 합의점을 찾게 된다. 이것은 나의 고급 유머이
자 도도한 아이러니의 발현이다!

　전 문학동네 대표이사인 K사장님이 '문학동네'라는
이름을 지을 때는, 사람들이 무슨 문학'동네'냐고, '세계'

도 아니고, '세상'도 아니고. 이랬다고 한다. 그런데 지금 '문학동네'라는 이름은 고유한 이미지가 있다. 그만의 정체성이 있다. 이름이 회사의 정체성을 만드는 것이 아니라, 회사가 그 이름에 의미와 가치를 만들어준 것이다. 이름이란 이런 것이 아닌가.

마름모? 마름모… 마름모가 무슨 뜻이에요? 이따금 이런 질문을 받는다. 그럼 나는 그냥, 아무 뜻도 없어요 하고 대답한다. 진짜 아무 뜻도 없다. 이름은 그냥 이름일 뿐이다. 그 이름이 뜻하는 바는 지금부터 만들어가려고 한다. 나는 그게 훨씬 더 재미있을 것 같다.

계약하는 날

다섯 번째 회사에 있을 때 정아은 작가님을 처음 만났다. 그는 여느 작가들과 달리(?) 첫인상이 상큼했고 친화력이 좋았으며 무엇보다 명랑했다. 나는 한눈에 그와 친구가 되고 싶다고 생각했다. 나는 요새도 그와 자주 수다를 떤다.

"작가님, 그래서 요새 쓰는 에세이는 어떤 내용인가요? 사랑에 관한 에세이라 그러셨죠? 막 작가님 사랑 얘기 나오고 그런 건가요?"

"아니, 그건 아니고요. 누가 제 사랑 얘기를 궁금해하겠어요. 제가 이슬아도 아니고. (호호) 책도 많이 인용되고요, 여러 인물들이 나와요. 찰스 왕세자나 마크롱 대통령 같은 동시대 인물들도 있고, 육영수나 이희호 같은 지난 인물들도 나와요. 그 인물들이 각자 어떤 방식으로 사랑을 했는가. 이번 책은 사랑을 소재로 인물들의 내면을 그려보고 싶었어요. 사랑이란 게 개인의 특성이 가장 잘 드러나는 장르잖아요."

"우와, 작가님! 딱 제가 생각하던 원고예요! 작가님, 근데 이 원고에 이 제목은 어떤가요? 제가 어울리는 원고가 있으면 붙이려고 꿍쳐둔 제목이 하나 있는데…"

그러고 며칠 후엔가, 작가님에게 카톡이 왔다. "그 제목, 생각할수록 좋아요. 그 제목에 걸맞도록 소녀 열심히 써보겠습니다."

그렇게 작가님과 계약을 하기로 했다. 정아은 작가님과 나는 차로 10분 20분 거리에 사는 이웃사촌이어서 계약하는 날 내가 작가님을 집으로 모시러 가기로 했다. 점심을 먹으면서 원고 이야기를 나누기로 했다. 그렇게 작가님을 차에 태우고 신이 나서 카페로 향하는데….

"어, 작가님, 대박…. 저 뭐 잊어버린 거 있어요."
"뭐요? 집으로 돌아가야 해요? 뭐 안 가지고 나오셨어요?"
"으하하하하. 저 계약서 안 가지고 나왔어요! 도장까지 찍어서 보이는 자리에 잘 놔두었는데…!"

집으로 돌아가기에는 늦었다. 작가님과 나는 그렇게

카페에 들어가 근사한 파스타와 샐러드, 커피까지 해치우고 원고에 관해 만족스러운 대화를 나눈 뒤 우리 집으로 향했다. 5층 계단을 함께 걸어 올랐다. 나는 작가님을 문밖에 세워두고, 싱크대에 쌓인 설거짓거리를 프라이팬으로 가능한 안 보이게 덮고, 널린 옷가지들을 옷장에 쑤셔넣고, 눈에 띄는 대로 고양이 털뭉치를 치운 뒤, 작가님을 안으로 모시었다. 책상 위 프린터 옆에 계약서가 얌전히 놓여 있었다.

정아은 작가님과의 계약은 이렇게 성사되었다. 이 원고는 마름모 출판사의 첫 책이 된다. 제목하여 《높은 자존감의 사랑법》.

10층

빌딩을 세우면

나는 어쩐지 음악이 수학과 같다고 생각한다. 수학 못지않게 음악 시간을 싫어했다. 우리 아빠는 예술적 재능이 다분해서 그림도 잘 그리고 노래도 잘하는 편인데, 우리 엄마는 음주가무를 매우 즐기면서도 노래는 음치에 가깝다. 나는 기묘하게도 엄마 아빠의 열등 유전자만 갖고 태어난지라 엄마의 음치를 물려받았다. 음악 시간에 가창 시험을 보는 것이 악몽 같았고, 직장생활을 시작하고도 노래방에서 노래를 시키면 퇴사하겠다고 했다. 나는 글 쓰는 사람이나 그림 그리는 사람보다도 음악 하는 사람을 가장 신기해한다.

그런데 페이스북에서 노래를 부르는 시인을 알게 되었다. 어느 날 그가 아는 체를 했다.

"실례지만 혹시, 드리외라로셸《도깨비불》편집하신 분인가요?"

"어머! 네! 대박! 그걸 어떻게 아세요?" (《도깨비불》은 내가 10년 전 편집한 책이다.)

"그런 걸 모르면 제가 아니죠. 요새 드리외라로셸 아는 사람도 별로 없고, 제가 판권을 유심히 보는 편이거든요. 이름이 하도 특이해서…."

"어머, 이런 우연이 있나. 반갑습니다!"

　그렇게 페이스북에서 그와 만담을 나누는 사이가 됐
다. 댓글을 받는 솜씨가 보통이 아니었다. 내가 "물 만난
물고기시군요" 하면 "불에 덴 불고기입니다" 하고, "독보
적 마스크십니다"라고 하면 "KF84입니다"라고 한다. 가
끔 페이스북에 기타 반주에 맞추어 노래하는 모습을 올
리는데, 일명 '까마귀 발성'이라고, 인간의 소리라고 하
기엔 애매한 소리로 노래를 부른다. 나는 그의 노래를 몇
번 듣다가, 콘서트를 열거든 소녀팬(?)이 돼주기로 했다.
전업하고 그의 매니저를 할 의향이 있음을 밝히기도 했
다. 그는 실제로 록밴드의 보컬이기도 했는데 앨범도 한
장 냈다. 매니저가 될 사람이 도대체 왜 내 앨범은 안 사
냐며 구입을 강권하길래, 어느 날은 그의 작업실로 앨범
을 사러 갔다. 그날 처음 그의 작업실에서 참치회를 시켜
먹었다.

　그는 참치회를 무척 좋아한다. 이제 그와 나는 그의

지저분한 작업실에서 매번 참치회를 시켜놓고 소맥을 나누는 사이가 됐다. 요새 그는 글 쓰는 것보다 노래 부르는 게 더 행복하다고 하는데, 내가 책 팔아서 빌딩을 지으면 그의 스튜디오를 마련해주기로 했다.

"3층짜리 빌딩을 지으면 스튜디오는 지하에다 만들까?"

"3층요? 저를 뭘로 보시고? 빌딩 지으면 한 10층짜리는 지어야죠."

"역시 우리 매니저! 그럼 지하 말고 꼭대기에다 만들자. 그래야 폼 나지."

이러면서 논다.

그는 시를 짓고 산문을 쓰고 노래를 부른다. 내가 그의 삶을 전부 알 수야 없지만, 내가 보기엔 그게 그의 생활의 핵심인 듯하다. 비가 오나 눈이 오나 노래를 부르는 베짱이의 인간 현현이고, 《수고양이 무어의 인생관》에 나오는 악장 크라이슬러의 환생이며, 내가 반反자본주의를 실천하고 가난을 감수했다면 그는 내가 되고 싶은 모든 것이다. 나는 왠지 그를 보면서 대리만족을 느낀다.

　노래를 부르는 게 더 좋다지만 일단 그에게 글을 쓰라고 했다. 그래야 책을 팔아 빌딩을 짓든가 말든가 하지. 그의 시는 보들레르나 말라르메와 비견될 만큼 훌륭하지만(도통 무슨 소린지 모르겠다는 소리다), 일단 산문을 쓰라고 했다. 그는 그게 시인에게 할 소리냐고 하지만, 나는 그의 시보다 산문을 더 좋아한다. 그렇게 시인 강정과 계약을 했다.

출판계의 대(×10,000)선배님과 몇 번 만날 기회가 있었다. 큰 규모의 출판사를 운영했던 분이기도 하고 출판은 물론 출판계가 돌아가는 흐름에 대해 모르는 것이 없는 분이다. 그와 이야기를 나누다보면 나는 출판은 1도 모르는 피라미같이 느껴지고, 한편으로는 오, 내가 이런 분과 마주 앉아 이야기를 나눌 수 있다니, 출세했구나, 하는 생각도 든다.

그와 처음 만난 이후로 나는 그를 '스승님'이라고 부

른다. 편집자로서 나의 장점은 무엇이고, 그에 맞는 출판 모델은 무엇인가. 그리고 책을 콘텐츠가 아닌 제품(물건)으로 바라보는 시각과 비즈니스로서 출판을 해본 경험을 들려주시곤 하는데, 이것은 어디서 돈 주고도 못 듣는 이야기이다. 출판사의 새내기 편집자들과 이제 막 허리 역할을 하게 된 새내기 편집장급, 출판계의 후배들에게 무엇을 물려주고 어떤 도움을 줄 수 있을지를 구체적으로 고민하고 제도화하려는 그의 계획을 들으면서, 나는 급기야 감동하고 말았다.

그런 그와 책 한 권을 작업하기로 했다. 샘플 원고를 몇 꼭지 주고받았다. 서로의 작업 방식에 대해서 이른바 '간'을 본 셈이다. 내가 가진 그릇보다 훨씬 큰 그릇을 가진 모든 저자들을 대하는 일은 어느 모로 두려운 일이다. 편집자로서 내 '밑천'이 드러나는 일이기도 하니까. 내가 가진 그릇의 밑바닥을 보여주는 일이기도 하니까. 선생님은 아마 내가 못 미더우셨을 것이다. 나는 저자에게 으레 하는 교정교열 이상의 것을 제공하지 못했다.

편집이란 무엇이어야 하는가, '책'이란, '저술'이란 무엇인가. 어제는 선생님과 긴 통화를 나누었다. 하나의 주제에 관해 저자의 오랜 고민과 연구가 담긴, 한 꼭지 한 꼭지가 독립적이면서도 전체적으로는 스토리와 기승전결이 있는 에세이에 대해 이야기했다. 그렇게 책이 하나의 완결된 사유와 의미가 되도록 돕는 것이 편집자의 일일 것이다. 선생님이 내게 그런 과제를 내주었다.

그가 쓰고자 하는 책의 이상, 그래서 지금까지 완성하지 못하고 있던 책의 모양에 대한 이야기를 들으면서, 그가 얼마나 오랫동안 '책'에 대해 고민해왔는지를 깨달았다. 그리고 내가 '편집'을 너무 안이하게 생각한 것 같아 선생님께 죄송해졌다. 그런 고민을 모두 저자에게 맡겨두었고, 심지어 그런 것을 고민해야 한다는 생각조차 놓치고 있었다. 나는 저자한테 지나치게 기대고 있었던 것이다.

모든 일이 그렇다. 알면 알수록 어렵고 겁이 난다. 이번 책도 그렇다. 편집 경력이 몇 년인데, 나는 왜 이렇게 모자랄까? 왜 이렇게 버벅댈까? 그럴 때 답은 없다. 이 순간을 잊지 않도록 거듭 반성하는 것밖에. 그리고 의식적으로 씩씩함의 에너지를 발동시키는 것밖에. '부족하면 어떤가. 그러면 어떤가. 혼나면 되지. 실망시키면 되지. 그러면서 한 수 배우는 거지' 하고 마음을 다잡는다. 다만 선생님께 죄송할 뿐이다. 이렇게 모자란 편집자인 줄 모르셨을 텐데. 선생님은 어쩌면 지금 나와 계약한 걸 후회하고 계실까?

인연들이 그냥 스쳐 지나가지만은 않는다

세 번째 출판사에 입사했을 때 유난히 무서웠던 부장님이 있었다. 제작부 부장님이다. 내가 제작의뢰서를 들고 가면 매의 눈으로 돌변하여, 이 책 판형이 이게 맞는 거야? 그럼 종이 로스(손실)가 생기니까 판형 바꿔야 해요. 본문 대수는 정확히 확인한 거지? 음, 이 종이는 말이야… 하시며 꼼꼼히 체크하셨다. 아, 나한테만 그러시나. 다른 편집자들한테는 다정하신 것 같은데…. 내가 무늬만 팀장이라 못 미더우신 건가(나는 그때 2년 차 사원에 직책만 팀장이었다). 부장님 앞에만 서면 잔뜩 긴장해서는 온몸이 쪼그라들었다.

그렇게 첫 번째 책을 만들고, 두 번째 책을 만들고, 세 번째 책을 만들 때였다. 드디어 마침내 결국, 나는 (아마도 부장님이 우려하던) 제작 사고를 내고야 말았다. 표지에 저자 이름이 잘못 들어간 것이다. 아아아아악. 하늘이 무너져내렸다. 책을 전량 폐기하고 다시 제작해야 했다. 제작 사고 중에서도 중대재해(?)에 해당하는 대재앙이다. 사장님한테는 말할 것도 없고 부장님한테 혼날 것이 두려웠다. 내게 부장님은 그렇게 사장님만큼이나 무서운 존재였다. 제작부에 사태를 보고하러 가는 길, 발걸음이 천근만근이었다.

"똑똑, 부장님, 저기⋯."
"어? 고팀장! 이리 와서 앉아봐. 나도 말 들었어. 어쩌니, 어쩌다 그랬어⋯."
"그러게 말이에요, 부장님. 흑흑."
"괜찮아, 괜찮아, 다음에 안 그러면 되지."

고개를 들고 부장님을 다시 바라봤다. 속으로 깜짝 놀랐다. 아니 이 호랑이 같은 부장님이 오히려 나를 다독여 주시는 것이 아닌가! 부장님한테 이런 면이 있었나? 아니면 부장님이 원래 이런 분인가? 나는 얼떨결에 부장님의 위로를 받으며 긴장했던 마음이 스르르 녹아내리는 것을 느꼈다.

"부장님, 괜찮아요! 저 월급에서 다달이 회사 손해 본 거 깔 거예요. 그러면 되죠 뭐!"

"뭐라고? 으하하하하. 그래그래, 그러면 되지 뭐! 고 팀장이 큰일 있을 때 대담한 면이 있네? 시원해서 좋다!"

그 후로 부장님을 대하는 것이 한결 편해졌다. 나를 살갑게 대해주셨다. 제작부에 무얼 여쭤보러 갈 일이 있으면 앉아서 이야기도 도란도란 나누다 왔다. 부장님은 당시 회사에서도 유능하기로 소문난 분이었는데, 매해 연말 임금협상 시기가 되면 사장님이 내리는 설문조사의 한 문항에서 거의 항상 1등을 차지하곤 했다. 그 문항은 이렇다. "지금 당신이 출판사를 차린다면 누구와 함께 일하고 싶은가." 나는 언제나 부장님의 이름을 적곤 했다. 부장님은 아마 처음 입사해 어리바리한 나를 훈련시키느라 그렇게 혹독하게(?) 대하셨을 것이다. 이제 막 입사한 친구들은 부장님의 그러한 혹독한 트레이닝(?)을 받곤 한다는 것을 나중에 알게 되었다.

몇 년 후에 부장님은 파주에 있는 다른 회사로 이직을 했는데, 나는 그 후로도 부장님, 아니 이사님과 안부를 주고받으며 지낸다(부장님은 이제 이사님이 되었다). 가끔 인쇄소가 있는 파주로 인쇄감리를 보러 가면 이사님과 약속을 잡아 점심을 먹고 오기도 한다.

"이사님, 옛날에 저랑 같이 회사 다닐 때 제가 제작사고 낸 거 기억하시죠? 그때 이사님이 저 위로해주시고 그러셨잖아요. 저는 이사님이 그렇게 무서웠는데, 그때 이후로 제가 이사님 팬이 되어버렸지 않겠어요?"

"어? 내가 그랬어? 고팀장한테? 난 그런 적 없는 것 같은데…?"

출판사를 차리고 나서 인쇄소를 정할 때 이사님 도움이 컸다. 지인들에게 추천받은 서너 곳의 인쇄소 단가표를 받아보았는데, 도무지 어디가 나은지 결정하지 못하고 있었다. 그때 이사님에게 도움을 청했고, 내가 지금 거래하고 있는 인쇄소를 소개해주었다. 마름모에 제작부는 따로 없지만, 나는 든든하다. 모르는 것이 있을 때마다 이사님께 여쭤볼 수 있기 때문이다.

인맥이니 사람 관리니 하는 말들이 있지만, 의식적으로 그런 '비즈니스 마인드'를 장착해본 적은 없다. 다만 내가 경험으로 배운 '처세술'이 하나 있다면, '진심'이다. 고마운 일에는 고맙다고 하고, 죄송한 일에는 죄송하다고 한다. 반면 죄송하지 않은 일에는 절대 죄송하다는 말을 남발하지 않는다. 딱 그만큼이다. 이사님과 나의 관계도 그런 것이 아니었을까. 과하지도 부족하지도 않게, 부장님과 나는 서로의 진심으로 통했다. 그간의 인연들이 그저 스쳐 지나가지만은 않는다. 절대 겸손하지 않은 나지만, 늘 이것만은 감사해한다. 나에게는 나를 도와주는 분들이 많다.

나의 짠 홈오피스

살다보면 별일이 다 있다.

집에 책상이 없는 편집자도 있다.

독립을 마음먹고는 제일 먼저 산 것이 책상이다.

진작 살걸. 우리 집 고양이 캣타워로도 쓰고 여러모로 유용하다.

그다음으로 HP 올인원 PC를 샀다.

고심해서 고른 예쁜 시디즈 의자와 캐논 복합기는 여행계에서 겟돈으로 마련해주었다. 감사합니다!

최근에는 네스프레소 커피머신을 샀다.

전자레인지에 우유를 2분 정도 돌리고 난 컵에 캡슐을 에스프레소로 내려서 라떼로 마신다.

가끔은 핸디 거품기로 우유 거품도 낸다. 카페가 따로 없다.

이것이 나의 홈오피스.

모든 것이 갖춰졌다.

그런데 왜 책이 안 나오니?

작가라는 이상한 존재

정아은 작가와 첫 책 작업을 하고 있다. 항상 느끼는 것이지만 그에겐 배울 점이 무척 많다. 먼저 그는 활짝 열려 있는 사람이다. 그와 이전에 벌써 세 권의 책을 함께 작업했는데, 작가와 편집자가 원고를 두고 으레 주고받는 티키타카를 그와 주고받을 때면, 늘 긴장감이 넘치면서도 내가 한 뼘 성장하는 느낌을 받는다. 원고는 작가의 '거의' 전부이다. 편집자는 원고를 통해 작가의 본질로 바로 접속하여 그의 내면을 꿰뚫어보는 경험을 하게 된다. 작가가 '지적질'을 일삼아 하는 편집자로부터 상처받지 않기란 힘든 일일 것이다. 그러나 그는 그 지적질을 생산적으로 받아들일 줄 아는 사람이다. 그가 내 코멘트를 100퍼센트 기꺼이 받아들이느냐 하면, 그것은 아니다. 내가 그것을 원하느냐 하면, 그것도 아니다. 나는 100퍼센트 편집자가 아니니까. 다만 나의 의견을 제시할 뿐이고, 그가 내 의견에 대해 반박할 줄 안다면 나는 비로소 안심한다. 내가 미처 보지 못한 부분까지 그가 깊이 생각하여 원고를 썼다는 것을 잘 이해하게 되었으니까. 그는 편집자를 설득할 줄 아는 사람이다. 대화가 가능한 사람이다.

둘째로, 그의 '쓰고자 하는' 욕구를 옆에서 지켜볼 때면 감동적이기까지 하다. 다른 말로 하면 그는 삶에의 호기심으로 가득한 사람이다. 그가 사람을, 사물을, 어떤 현상을 처음 마주할 때 그를 옆에서 지켜보고 있노라면, 머리 위에 물음표가 둥둥 떠다니는 것이 눈에 보일 지경이다. 그럴 때 그는 얼마나 사랑스럽고 귀여운지! 마치 세살배기 어린아이의 맑고 똥그란 눈을 바라볼 때처럼 말이다. 그렇다고 그가 마냥 세상을 경탄하기만 하는 사람이냐면, 그렇지 않다. 그는 그렇게 나이브한 사람이 아니다. 도대체 그 사람은 왜 그렇게 행동하게 되었을까, 도대체 이 현상은 어째서 일어나게 된 것일까를 쉬지 않고 분석하여 '왜'에 대한 자기만의 답을 도출해낸다. 폭넓고 깊은 독서가 바탕이 된 그의 지성이 제 본분을 다하여 열심히 작동하는 모습을 나는 바로 옆에서 직관하고는 무릎을 친다. 세상에는 일면이 아니라 이면이 있음을 나도 함께 깨닫게 된다.

부러운 것은 그의 글쓰기다. 나는 그의 유연하고 찰기 넘치는 문장들을 정말 좋아한다. 건조하지 않다. 그는 절대로 삶을 관조하지 않고 적극적으로 이해하려고 노력한다. 책상머리에 앉아서 이건 이렇고 저건 저렇지, 평가를 내리려고 하거나, 자신의 글쓰기가 지상 최고!라며 힘을 잔뜩 준 문장들을 써내려가지 않는다. 완벽한 진공 상태의 글쓰기, 공기가 비집고 들어갈 틈이 없는 글쓰기, 호흡하지 않는 글쓰기, 그런 것들이 그에겐 없다. 그리하여 그의 문장들에는 생활이 녹아 있고 일상이 엿보이며 불완전하고 모자란 인간의 본성이 드러난다. 나는 그의 글을 읽으면 글을 쓰는 그의 모습이 그려지는 것 같고, 그러면 그가 무성 無性 의 완결된 '작가'가 아니라 나와 같은 사람임을 인식하고는 갑자기 급격히 친밀감을 느끼는 것이다. 그는 그런 식으로 자신의 세계에 독자를 초대한다.

책을 내며

첫 책을 내며 느낀 것. 내가 이럴 줄 몰랐다. 1인출판
사 선배들이 책을 내는 모습을 종종 보아왔는데, 특히 책
표지를 결정할 때 결정장애가 온다고 했다. 그런데 나도
이렇게 결정장애가 올 줄이야. 나름 빠르게 판단하고 후
회하지 않는 스타일이라고 자부해왔는데, 귀가 이렇게 얇
아질 수가 없고, 변덕이 하루에도 열두 번이다. 이랬다저
랬다 애꿎은 디자이너만 달달 볶다가, 결국 표지 하나를
찍고야 말았다. 컨펌해주는 사람이 없다. 온전히 나 혼자
만의 결정이다. 무섭다….

첫 책《높은 자존감의 사랑법》이 나왔다. 연말에 퇴사하고 딱 5개월 만인, 오늘 오후 2시경에 첫 책이 입고되었다. 손수레를 끌고 인쇄소에서 방금 도착한 따끈따끈한 책을 받으러 가면서 든 생각. 서점 주문은 어떻게 받는 거지? 앗, 보도자료에서 빼먹은 문구가 있네?! 아 맞다. 빨리 SNS 광고 만들어야겠다…. 호기롭던 나의 반백수 시절은 지나갔다. 이제 편집자에서 마케터로 변신하는 중이다. 다음주에 온라인서점 MD님들과 미팅 잡았다. 다 처음이다. 무섭다….

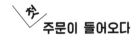

주문이 들어오다

아침에 문자가 왔다. 예스24에서 첫 주문이 왔다. 화들짝 놀라 잠이 깼다. 나 아직 주문 어떻게 하는지 모르는데…?! 물류센터 대표님께 전화를 했다.

"대표님! 저기! 첫 주문이 들어왔는데요! 제가 주문을 어떻게 넣는지 몰라가지고요!"

대표님은 아주 평온하셨다.

"아, 그거요. 그저께 제가 말씀드린 홈페이지 가입하셨죠? 거기 들어가보면 제일 오른쪽에 '서점 출고'라는 카테고리가 있어요. 거기 클릭하시고…."

오전에 첫 주문을 넣었다. 이제 다시는 해가 중천에 뜰 때까지 침대에서 뭉그적거리지 못하리란 것을 깨달았다. 백수 시절이여, 안녕….

도매업체에

거래를 하러 갔다

첫 책을 내고 B도매업체에 신규 거래를 하러 갔다. 여기는 계약 조건이 회사마다 천차만별이고 내용이 어렵기로 유명하다. 계약은 두 가지로 나뉘는데, '일원화 거래'와 '일반 거래'다. 나는 미리 신뢰하는 마케터의 조언을 듣고 일반 거래를 하기로 결정했다. 하지만 그 밖에도 그자리에서 바로바로 결정할 일이 많을 터이니, 어리바리하지 말고 아는 마케터 한 명을 섭외해 함께 가는 게 좋을 거라는 조언을 들었다. 나는 혼자 갔다.

참으로 낭랑한 목소리로 더없이 친절하게 나를 맞이해준 B도매업체 MD님은, 그야말로 프로페셔널의 현현이다. 나는 하나도 알아먹지 못하는 계약 관련 조항들을 한마디 군더더기 없이 다다다다 설명하시더니(아마도 나 같은 어리바리 앞에서 이 대사를 수백 번은 치셨을 것이다), 숨도 쉬지 않고 바로 본론으로 넘어갔다.

"그래서 계약을 어떻게 하실까요?"

마치 다 알아먹었다는 듯이 규칙적으로 고개를 주억

거리던 나는, 여기저기서 주워들은 정보를 바탕으로 내게
유리한 조건을 제시했(다고 생각했)다. 나는 비장하게 말
했다.

"A조건으로 하고 싶은데요."

"음, 만약 A조건으로 하실 거면, 추가로 S조건이 붙어
야 합니다."

"아, 그런가요? 그럼 AB조건은 어떤가요?"

"네? 그게 무슨 말씀인지? AB조건으로는 제가 윗선
에 결재를 못 받아요."

"아, 그래요? 그럼 A조건으로 가시죠."

"네, 그러시죠."

그렇게 번갯불에 콩 볶아먹듯 그 어렵다는 계약서를
작성했다. 모든 일이 순조로웠고 나는 해맑게 인사를 하
고 미팅룸 밖으로 나왔다. 그런데 뭔가 내 안 깊숙한 곳에
서 꿈틀꿈틀 불안이 올라왔다. 가만있어보자…. 이게 맞
나…. 맞게 계약한 건가…. 점심을 굶고 5시가 다 된 시간
이었다. 파주출판단지의 어느 식당에 들어가 돼지불백을

주문하고는, 아는 인맥을 총동원해 전화를 돌렸다.

"내가 B도매업체랑 이렇게 저렇게 해서 A조건으로 계약을 했는데, 잘한 거 맞아?"

"응? 어떻게 했다고?"

"그러니까 말이야….."

몇 통 전화를 돌리고 나니 밥이 넘어가질 않는다. 밥 한 숟갈, 고기 한 점 먹다가 숟가락을 내려놓았다. 나는 그제야 깨달았다. 내게 마케터 한 명을 데리고 가라는 조언이 무엇을 의미했는지. 정신 바짝 차리지 않으면 이리 휘둘리고 저리 휘둘릴 거라는 예언의 완곡한 표현이었다. 나는 결국 최악의 계약을 하고 만 것이다. 계약서에 도장도 다 찍고, 그 자리에서 계약서를 챙겨왔는데, 나는 이제 끝난 것인가.

내가 잘하는 두 가지가 있다. 우선 판단이 빠른 편이다. 다음으로 얼굴에 철판도 잘 까는 편이다. 얼굴에 철판 깔고 계약을 물려? 아아, 그럼 그 MD님은 나를 아마추어

햇병아리로 볼 텐데? 그런데 지금 이 상황에서 그게 무슨 상관이야? 내 미래의 수익이 걸려 있는데? 나는 결심하고는, 다급하게 MD님에게 전화를 걸었다.

"MD님, 죄송하지만, 혹시 그 계약서 결재 올리셨나요?"

"네, 올렸죠."

"빠르시네요…. 저 다름이 아니라 제가 계약을 B조건으로 수정하고 싶은데요…."

"네?"

"제가 아직 집에 안 가고 근처를 맴돌고 있거든요."

"네?"

"그래서 제가 다시 가서 뵙고 바로 계약서를 수정할 수 있거든요…."

"네? 그럼 잠시만요. 제가 결재 진행 상황 알아보고 다시 연락드릴게요."

연락을 기다리는 데 1분이 1년 같았다. 계약이 그렇게 어렵다고 했는데, 대충 시뮬레이션을 돌려보고 간 내가 한심하기 짝이 없었다. 온갖 경우의 수를 다 따져봐야 했다. 계약은 한 번 하면 끝인 것이다! 40분쯤 지나 연락을 받았다.

"대표님, 오시죠. 계약서 수정해드리겠습니다."

총알같이 B업체로 튀어갔다. 후다닥 계약서를 다시 썼다. 아아, MD님, 너무 죄송합니다. 오, 출판의 신이시여, 감사합니다!

돌아오는 길에 편의점 김밥을 하나 샀다. 차 안에서 김밥을 우걱우걱 씹어먹었다. 오늘 하루 6개월 치 인생을 다 산 것 같다.

,

요새 꽤 여러 가지 일을 하고 있다. 일단 《높은 자존감의 사랑법》 SNS 홍보. 인스타그램에 책 관련 피드를 하도 많이 올려서 책을 다 읽은 것 같다는 후배의 제보가 들어왔다. 이만 자제해야겠다.

,

마름모의 두 번째 책 교정을 보는 중이다. 이제 2교를 끝내고 디자이너에게 수정을 요청했다. 그사이 표지 카피를 쓰고 추천사를 의뢰했다. 표지 이미지로 쓸 일러스트도 정해졌다. 술술 풀린다.

,

내일 점심엔 저자 미팅이 있다. 어제 반나절에 걸쳐 정성스레 기획안을 작성하고 출력하고 저자에게 증정할 책도 챙겨놓았다. 저자가 마름모뿐만 아니라 다른 출판사의 문도 두드린 터라 경쟁이 붙을 것 같긴 한데, 이만하면 만반의 준비를 했다. 승산이 있다. '안 되면 말고' 정신으로 밀고 나간다.

，

본업 말고 부업도 하고 있다. 외주편집 작업 하나를 의뢰받았다. 독일 시선집이다. 내 전공하고도 맞아서 읽어두면 좋겠다싶어 수락했다. 돈도 벌어야 하니까! 그런데 알고 보니 내게 작업을 의뢰한 팀장님이 나와 예전 출판사에서 함께 일했던 분이다. 출판계가 좁다. 돌고 돌아 다시 만나게 되는 곳이다. 착하게살자!

，

목요일에 있을 《높은 자존감의 사랑법》 북토크 준비도 하고 있다. 일은 많이 하는 것 같은데 밀도와 압도가 그리 높지 않다. 내가 스스로 하는 일이기 때문일까? 그런데 아무것도 안 하고있으면 살짝 불안하다. 책 팔려면 내가 지금 뭐라도 하고 있어야 하지 않겠는가 하는. 그래서 최소한 내가 할 수 있는 홍보용카드뉴스 같은 것을 깨작깨작 만들고 있다. 요새 뉴스도 책도영화도 거의 안 본다. 이러다 바보 워커홀릭이 되는 거 아닐까?

택배 싸는 날

인스타그램에서 첫 책 서평단을 모집했다. 아주 애정이 넘치는 댓글을 달아준 열다섯 명에게 책을 발송하기로 했다. '뽁뽁이'가 붙은 안전봉투를 사기 위해 알파문구에 갔다. 안전봉투가 이렇게 비싸다니. 두 개 세트에 1,500원, 하나에 750원이다. 남아 있는 봉투를 싹 쓸어오니 3만 원이 넘는다.

책만 달랑 보내드릴 순 없지. 꽃무늬가 그려진 작고 예쁜 포스트잇에 손글씨를 썼다. 서평단의 이름을 하나하나 써넣었다.

○○○님! 서평단 신청해주셔서 감사해요.
즐독하시길!
마름모 고우리 드림

정성 들여 쓴 포스트잇 열다섯 장을 반짝반짝 빛나는
우리 책 면지(오로지 석영색 120g)에 하나하나 붙여넣고 봉
투에 책을 집어넣었다. 그러고 나서 택배사를 검색해보니
편의점 택배가 가장 싸다. 500g 이하가 2,700원. 방문 택
배는 두 배 가까이 비싸다. 가만있어보자. 그러면 내가 이
걸 직접 들고 편의점으로 가야 하는 거네. 으음, 가만있어
보자. 그럼 다해서 얼마가 드는 건가. 봉투값 750원＋택배
값 2,700원＝3,450원….

응?

그때 깨닫고야 말았다. 물류센터에서 책을 바로 보내
면 더 싸다는 사실을. 엑셀 파일에 서평단 주소를 적어넣

고 물류센터 대표님께 메일로 보내드리면, 거기서 직접 봉투에 책을 넣고 포장해서 발송해준다. 그 비용이 3,000 원이다.

순간 고뇌가 몰려왔다. 하던 일을 마저 하고 그냥 택배로 책을 부칠 것인가, 아니면 봉투에서 책을 도로 다 꺼낼 것인가. 봉투에서 다시 책을 꺼냈다. 면지에 붙였던 포스트잇을 하나하나 다시 떼어냈다. 그리고 물류센터 대표님께 메일을 보냈다. 서평단 주소를 첨부해서….

서점
영업은 처음이라

강남 교보문고에 갔다. 《높은 자존감의 사랑법》이 신 간 매대에 예쁘게 깔려 있다. 이 책 저 책 보는 척하다가, 눈으로 재빨리 서점 MD님이 위치한 곳을 찾았다. 인문 매대 근처 컴퓨터 앞에서 열심히 키보드를 두드리고 계 신다. 흐읍! 일단 멈춤! 호흡을 가다듬는다. 눈 딱 감고 서 점 MD님 쪽으로 다다다 걸음을 옮겼다. "안녕하세요, 저 는 이번에 새로 시작한 마름모 출판사의 고우리라고 합니 다!" 하고 명함을 드렸다. 아아, 다행히 친절한 MD님이었 다. 활짝 웃으며 인사를 받아주셨다. 나는 떨지 않았다.

"제가 서점 영업은 처음이라…. 매대 가격이 얼마인지 알아보려고요."

"아, 네, 이쪽으로 오시겠어요?"

총총총.

"여기 베스트셀러 매대 가장자리는 얼마고요, 저기는 얼마예요."

"아, 그럼 매대 사용 기간은 어떻게 되나요?"

"딱 한 달이에요."

"그렇구나. 그럼 저쪽 매대는 얼마인가요?"

"아… 거기는 좀 비싸요. 큰 출판사에서 미는 책이 있을 때 거의 연 단위로 계약하세요. 호호."

"아, 그렇군요. 호호."

열심히 메모를 하면서 자연스럽게 화제를 전환했다.

"제가 이번에 신간을 냈거든요. 요기 이 책입니다."

"아, 네, 이 책이구나! 첫 책인가요?"

"네! 잘 좀 부탁드립니다~."

"네네, 제가 신경 써서 진열하겠습니다~."

"네! 감사합니다!"

처음 서점 영업을 뛰었다. 후들후들. 서점 MD님이 영업을 뛰는 출판사 관계자들을 귀찮아할 거라는 내 예상이 틀렸다. 서점 MD님은 생각보다 무섭지 않다. 오늘 업무 끝!

출판사 ^{개업} 파티

SEASON 1 ———————— 편집자가 사장?!

내가 다닌 다섯 번째 회사는 모 신문사의 자회사다. 연말 즈음 신문사에서 주최하는 송년회에 간 적이 있다. 적당한 규모의 펍 하나를 빌려 신문에 연재하는 필자들을 모셔놓고 맘껏 대접하는 자리다. 퀴즈를 맞히면 선물을 주는 소소한 프로그램도 있고, 필자들의 자기소개 시간도 있다. 그렇게 연말이면 필자 선생님들에게 감사의 인사도 전하고, 서로 모르는 필자들끼리 인사할 기회도 주어졌다. 실제로 처음 뵙는 필자들과 맥주잔을 기울이며 별별 얘기들을 다 나누었다. 왁자지껄한 펍의 분위기가 답답하면 바깥으로 나갔다. 비인지 눈인지가 추적추적 내리는 날이었는데, 흡연자들끼리 테라스에 옹기종기 모여 인사를 나누고 대화를 트던 기억이 아련한 추억처럼 떠오른다.

그때의 기억이 좋았는지 출판사를 차린 후 연말 파티를 여는 것이 나의 첫 로망이 되었다. 올해 책을 낸 작가님들, 앞으로 책을 낼 작가님들을 모셔다 한 상 거하게 차려놓는 것이다. 작가님들 덕분에 1년 잘 보냈습니다! 맛있는 거 먹고 마시면서 오늘은 맘껏 취해보아요! 내가 성공한 사장이 된 양 상상만 해도 비실비실 웃음이 나왔고, 작가님들과 놀 생각을 하니 마음이 둥실둥실 떴다. 아아, 나는 기어코 성공한 사장이 되어서 연말엔 기가 막힌 파티를 열리라!

그러던 어느 날 나의 스승님이 말씀하시었다.

"이보게, 고우리. 이제 출판사도 차렸는데 계약한 작가들 모아놓고 파티라도 한번 열지 그래? 작은 맥줏집 하나 빌리면 얼마 안 들지 않을까?"

"네? 파티요?!"

"그래, 파티. 작가들이 1인출판사랑 계약해주는 거 쉽지 않아. 고마운 일이지. 작가들끼리 '우린 한배를 탔다, 이렇게 좋은 작가들이랑 내가 같은 배에 탔구나' 뭐 이런 생각이 들게 해주면 좋은 거잖아?"

역시 우리 스승님은 고수다. 내가 놀기 좋아한다는 것을 진작에 알아차리셨다. 맥줏집을 빌릴 필요가 없다. 내 주위엔 늘 놀기 좋아하는 친구들이 드글드글하니까. 이번엔 이경란 디자이너의 작업실을 빌리면 된다!라고 내 맘대로 정해버렸다. 그녀는 합정에 아기자기하게 꾸며놓은 예쁜 작업실을 가지고 있는데, 나는 그곳을 마름모 출판사 합정지부라고 부른다. 도무지 일하기 싫고 심심해 죽을 지경이면 경란에게 전화해, 나 가도 되니? 한다. 경란은 내가 아는 사람들 중에 놀기로는 둘째가라면 서러워하는 친구니까, 이번 프로젝트에도 역시나 당연하다는 듯이 장소를 제공해주었다.

음식은 간편하게 케이터링으로 처리했다. 불고기찜, 스시, 연어샐러드, 편육을 곁들인 해파리 냉채, 볶음밥, 과일 등 열 가지 각양각색 음식이 나왔다. 냉장고엔 편의점에서 다종다양한 맥주를 가득 사다가 들여놓았다. 골라 먹는 재미가 있어야 하니까. 맥줏집을 빌리는 것보다 비용이 훨씬 적게 들었다. 집주인인 경란이 파티 준비를 도와주었다. 도와주었다고 하기에는 내가 부려먹었다고 하는 편이 맞겠다(내가 친구를 사랑하는 방식이다).

그렇게 첫 책이 나오고 첫 파티가 개시되었다. 작가님들이 하나둘 마름모 출판사 합정지부로 모여들었다. 분위기가 무르익자 돌아가면서 자기소개를 하고 앞으로 어떤 책을 쓸 것인가에 대해 이야기 나누었다. 글을 쓴다는 것 빼곤 공통점이 하나도 없는 사람들이고, 개성도 관심사도 천차만별이다. 모이면 어떤 분위기가 될지 나도 몹시 궁금했는데, 그들은 서로 말이 통했고 즐거워했다. 이제 나만 일대일로 알던 작가님들이 서로서로 아는 사이가 되었다. 모종의 '공동체'가 형성된 느낌이었다. 알 수 없는 행복감이 밀려왔다.

내가 내 맘대로 마름모 출판사의 사외이사로 위촉한 J작가님께 이런 말씀을 드린 적이 있다.

"작가님! 저 진짜 책 잘되면 보너스(?)도 드리고 그럴 거예요. 연말에 파티하면서 돈 산처럼 쌓아놓고 작가님들한테 막 뿌리게 해드릴 거예요."

작가님이 허허 웃으신다. 그저 웃기만 하신다.

"아니, 그렇게 웃지 마시구요! 진짜예요, 진짠데!"

나의 두 번째 로망은 바로 그거다. 작가님들한테 돈을 막 뿌리는 것. 성대한 파티를 열어 무슨 자수성가한 래퍼처럼 말이다. 작가님들이 나의 로망을 믿어주면 좋겠다. 나는 같이 잘 먹고 잘살고 싶다. 나의 작가님들과 내 친구들과 함께. 가끔 성공한 사장으로 빙의하여 그 장면을 상상한다. 그러면 또다시 비실비실 웃음이 새어나온다. 스웩~.

교정지 뽑는 날

디자이너한테 다음 책 교정지 PDF 파일을 받았다.
난감하다. B4 사이즈로 출력해야 하는데 내가 가진 가정
용 프린터로는 B4 사이즈가 출력이 안 된다. 가까운 킨코
스를 검색했다. 차로 20분. 어쩔 수 없다. 대충 모자 눌러
쓰고 나가자. 따끈따끈한 교정지는 당장 출력해서 보아야
하는 물건이므로.

킨코스 지하주차장에 도착했다. 그런데 밖으로 나와
보니 여기는 킨코스가 있는 상가 건물이 아니라 어느 오

피스텔 주차장이다. 오잉? 이 건물이 아니네? 다시 지하 주차장으로 내려가 시동을 걸었다. 밖으로 나가 한 바퀴를 돌자 드디어 목적지에 도착했다고 내비게이션에 뜬다. 그런데 왜 킨코스는 안 보일까? 근처를 세 바퀴나 빙빙 돈다. 네 바퀴째를 돌 때, 바로 건너편, 그러니까 반대편 차선에서 킨코스를 발견했다. 젠장. 유턴하자.

그런데 가도 가도 유턴 차선이 보이질 않는다. 장장 30분을 돌고 돌아 반대편 차선으로 안착했다. 드디어 어느 상가 건물에서 킨코스 간판이 보인다. 그 건물 지하주차장으로 내려갔다. 시동을 끄고 1층으로 올라갔다. 1층에서 킨코스 매장을 찾는데 이상하게 맛있는 냄새가 솔솔 풍긴다. 온통 밥집뿐이다. 킨코스는 또 왜 안 보일까?

건물 밖으로 나가 둘러보니 바로 옆 건물에 킨코스 간판이 보인다. 이번에는 킨코스 옆 건물에 주차를 한 것이다. 아아아악. 자괴감이 몰려왔으나 꾸역꾸역 반사했다. 다시 나가서 킨코스 주차장에 차를 대야 하나? 아니다. 그냥 주차비 내고 여기다 세우자. 내가 그 정도 재력은 된다! 드디어 킨코스에 입성했다.

"이 파일을 B4로 출력하려는데요."

매장 직원이 파일을 보더니 묻는다.

"네네, 근데 왜 B4로 출력하시려고요?"

"네? 무슨 말씀이신지?"

"이 파일 사이즈 보니까 A4로 뽑아도 충분한데요?"

"네? 아닐 텐데요…? 보통 B4로 출력하는데…."

"자, 보세요. A4에 들어가죠?"

직원이 파일을 보면서 친히 A4 사이즈와 비교해준다. 보니까 정말로 A4에 들어간다. A4로 뽑아도 되는 사이즈다. 아아, 이것은 가정용 프린터로 교정지를 뽑으라는 디자이너님의 깊은 배려였으리라…. 킨코스에 도착하기까지 대략 한 시간 반을 헤맸는데…. 퇴근 시간, 나는 광화문의 혼잡을 뚫고 다시 집으로 돌아갔다.

,

7월은 원천세 신고의 달이다. 저자 선인세에서 뗀 3.3% 세금을 나라에 신고하는 날이다. 7월 11일이 신고 마감일인 것을 드라미틱하게도 바로 오늘, 11일 오전에 알게 되었다. 국세청 홈텍스 들어가 이것저것 클릭해보았다. 모르겠다. 도통. 나는 판단이 빠른 편이다. 바로 1인출판사를 하는 친구에게 연락해 세무사를 추천해달라고 했다. 그리고 바로 세무사를 섭외했다. 아주 똑 부러진 세무사 분이 10분 만에 촤르륵 내 원천세 신고를 대신해주었다. 역시 돈으로 때우길 잘했다. 나는 현명한 CEO가 분명하다.

,

마름모 출판사가 출범한 지 벌써 반년이 되었다. 7월은 계약에 따라 나의 투자자들에게 2022년 상반기 보고서를 제출하는 달이다. 음, 장장 세 장에 걸쳐 보고서를 작성했다. 목차는 이렇다.

1. 기획 및 출간 현황
2. 광고홍보 내용
3. 출간도서 판매이익

4. 마름모 출판사 상반기 손익
5. 종합 의견
6. 2022년 하반기 목표

그럴듯하다. 마름모 출판사의 보고서를 보고 싶은 분들은 마름모에 투자해주시면 된다. 사업자 내기 전에 사주를 봤는데, 나는 사업을 해야 할 운명이라고 한다. 10층 건물을 올리는 마름모의 청사진이 그려진다.

,

오늘은 마름모의 두 번째 책 3교를 끝내고, 표지 카피를 마무리하고 디자이너에게 발송했다. 이제 곧 두 번째 책이 나올 것이다. 《아주 정상적인 아픈 사람들》이란 제목을 달았는데 꽤 괜찮은 제목 같다. 한국 사람의 반 이상이 해당하는 표현이 아닌가(물론 나도 거기에 속한다). 표지 디자인만 나오면 대략 마무리. 딱 100만 부만 팔아야겠다.

미팅보다 핸드폰?

오늘 미팅은 거의 완벽했다. "교수님! 안녕히 계십시오! 불러주시면 언제든 다시 찾아오겠습니다!"라는 외침을 마지막으로 교수님 방을 떠나기 전까지는. 방을 나오는 순간 뭔가 불길한 예감이 밀려왔다. 내 핸드폰 어디 있지? 찾을 새도 없이 방 밖으로 나와버린 것이다. 조교 선생님이 나를 엘리베이터 앞까지 배웅해주었고, 그가 떠나자마자 후다닥 가방을 뒤져보았다. 없다. 내 핸드폰.

교수님을 만나기 전 1층 화장실에 들렀었다. 내가 들

어갔던 것은 첫 번째 문이다. 정확히 기억한다. 문을 열고 살펴보았다. 없다, 내 핸드폰. 화장실 밖으로 나와 다시 엘리베이터를 타고 3층 교수님 방으로 올라갔다. 어디, 어디였더라? 교수님 방이 어디였더라? 아아아아악. 저 수많은 똑같은 방문 앞에서 헤매고 있는 사이, 어디에선가 목소리가 들려왔다. 마침 교수님과 조교님이 문을 열고 무언가 얘기를 나누고 있었다. 그쪽을 향해 잰걸음으로 걸어갔다. 온몸이 쪼그라드는 듯했다.

"저기… 죄송한데요, 혹시 제 핸드폰이 교수님 방에 있을까요? 보니까 핸드폰이 없어져서 다시 올라왔네요…."

"아아, 잠시만요, 제가 전화해볼게요."

조교님이 말씀하시었다. 교수님과 조교님이 나를 위해 온 방을 둘러보신다. 으악! (오늘 미팅 참패다….) 없다, 내 핸드폰.

"아, 네, 화장실에 두고 왔나봅니다, 헤헤…."

교수님과 조교님을 뒤로 하고 총총 발걸음을 돌렸다.

교수동 건물 밖으로 나갔다. 일단 캠퍼스 주차장에 주

차해둔 차를 향해 걸어갔다. 마름모 비서실장 Y가 차에 있을 것이다. Y는 오늘 운전을 맡은 나의 친구다. 그의 핸드폰을 빌려야 한다. 그런데 Y야, 어디 있는 거니?! 내가 미팅하는 동안 카이스트 구경이나 하라 그랬더니 정녕 사라졌단 말이냐…. 그렇다면….

지나가던 카이스트 행인 1을 붙잡았다.

"저기, 제가 핸드폰을 잃어버려서요, 핸드폰 한 번만 쓸 수 있을까요?"

행인이 말했다.

"아이 돈 스피크 코리언."

"캔 아이 바로우 유어 폰? 아이 로스트 마이 폰."

그러나 그 행인의 핸드폰은 인터넷만 될 뿐, 유심칩이 없다고 했다. 통화 불가.

"아하…. 그럼에도 불구하고 땡큐…."

행인 2가 지나간다. 또다시 실패. 행인 3에 이르러 겨우 성공했다. 핸드폰을 빌렸다. 비서실장 Y에게 전화를 걸었다.

"실장님, 실장님? 어디십니까? 어서 차로 와주시기 바랍니다!"

"네? 왜요? 저 매우 멀리 있는데요?"

"잔말 말고 어서 와주세요, 저 핸드폰을 잃어버렸어요!"

"네에…?!!"

너른 카이스트 캠퍼스에서 몇 분을 서성거리고 있자니, 저 멀리서 비서실장 Y가 헐레벌떡 뛰어온다. 땀을 뻘뻘 흘리면서.

"사장님? 사장님! 고정하십시오! 찾을 수 있습니다, 핸드폰!"

그는 일단 교수동 건물로 들어가려는 행인 4를 붙잡고 묻는다.

"저기, 이 친구가 핸드폰을 잃어버려서요, 여기 분실물 보관소 같은 곳이 있을까요? 경비실이라든지….."

행인 4가 대답한다.

"아, 분실물 관련해서는 저도 잘 몰라서….."

행인 4가 교수동 건물로 다시 들어가려 한다. 그 와

중에 나는 행인 4가 들어가려는 열린 문 안으로 따라 들어가기로 결심한다. 카이스트는 출입증이 있어야만 건물 출입이 가능하다(아까는 조교님이 1층에서 나를 들여보내주었다). 건물에 들어갈 기회는 이때다! 나는 비서실장을 붙잡고 열린 문 안으로 잽싸게 들어간다. 그리고 다시 1층 화장실을 뒤진다. 비서실장은 계속 내 핸드폰으로 전화를 건다.

"사장님! 어디선가 핸드폰 진동 소리가 들립니다!"
"어디? 어디?"
"아아, 찾았습니다, 여깁니다!"
화장실 앞, 청소하시던 아주머니가 세워둔 청소도구함에서 진동 소리가 울렸다. 찾았다, 내 핸드폰!!

그렇게 나는 오늘 140만 원을 벌었다. 내 핸드폰은 삼성 갤럭시 S22 울트라다. 최신 폰이다. 얼마 전 할부로 산 것이다. 오늘 나는 140만 원을 벌었다. 완벽한 날이다.

여섯 개의 기획안

요새 좀 한가하다. 그래서 근 2주 동안 기획안 여섯 개를 썼다. 그 결과는….

첫 번째 기획안의 저자는 지금 영국에 계신다. 엊그제부터 이 선생님 책을 기획해보겠다고 자료 찾고 머리를 쥐어 뜯어가며 끄적거렸는데, 이분 왠지 진작에 계약을 했을 것 같은 느낌이 팍 들었다. 그것도 울트라 어벤져스 초대형 출판사와…. 이 타이틀은 기획서 쓰기가 까다로워 그냥 포기할까 하는 유혹이 들었지만, 끝까지 써서 메일을 보냈다. 답장이 왔다! 아주아주 바쁜 분인 걸로 알고 있는데, 역시 여러 가지 일이 겹쳐서 집필은 고민 중이라고 한다. 귀국하면 이야기 나누어보기로 했다. 아싸!

두 번째 기획안은 반려되었다. '문학과 정치적 올바름'에 대한 기획이었다. 선생님의 반려 이유를 잘 이해했다. 어쩌면 내가 던진 질문이 답이 정해져 있는 폐쇄적인 질문인지도 모른다는 걸 깨달았다. 선생님의 정성스럽고 긴 답장을 통해 많은 공부가 되었다. 다시 한번 느끼는 거지만, 나 공부 좀 해야겠다. 너무 무식하다. 선생님께는 감사하다는 답장을 보냈다. 이 기획은 떠나보내야 할 것 같다. 안녕.

세 번째 저자에게는 두 개의 주제를 보내드렸다. 하나는 내가 수년 동안 품어왔던 기획인데, 세상을 발칵 뒤엎을 책이 될 것이다. 아, 이 선생님이 쓰면 딱이겠다, 했다. 그때의 기분이란, 이상한 변호사 우영우의 눈이 똥그래지면서 머리카락이 바람에 휘날리면서 엄청나게 큰 향고래가 바닷가를 유영하는 듯한! 그런데 기획안은 둘 다 일단 보류되었다. 공저만 쓰신 분인데, 여전히 책을 혼자 쓸 여력은 되지 않는다고. 먼저 공저할 분들을 찾아보기로 했다. 보류!

네 번째 기획은 성사되었다! 내가 너무 좋아하고 존경하는 저자 선생님! 이 선생님께는 이번에 두 번째로 기획 제안을 드리는 건데, 그걸 참 고마워하신다. 새로운 편집자와 일하는 것도 좋지만, 이미 함께 일했던 편집자와 다시 일하는 것도 언제나 기분 좋은 일이라고 하신다. 세상에 이렇게 천사 같은 선생님이 있는 것이다. 이 책은 일종의 여행 에세이인데, 여느 여행 에세이와는 다른 기획이 될 것이다. 이 책 만들 생각을 하면 벌써부터 두근두근!

다섯 번째 책은 어느 독서가의 서평 에세이이다. 사회활동도 활발히 하시고 신념도 뚜렷한 분이어서 평소 존경해오던 선생님. 책도 많이 읽으시고 글도 진짜 잘 쓰시는데, 나처럼 탁월한 게으름의 유전자를 가지고 있어서 글을 꼬박꼬박 잘 쓸 수 있을지 모르겠다고, 생각 좀 해보신다고 한다. 으음, 한번 만나뵙자고 바짓가랑이를 붙잡고 애원했어야 했는데…. 그냥 메일과 통화로만 끝낸 내가 잘못이다. 너무 아마추어 같은 처사였다. 반성 반성…. 좀 기다렸다가 다시 연락드려서 바짓가랑이 붙잡을 기회를 반드시 만들고야 말겠다.

여섯 번째 기획의 저자께는 오늘 아침 문자로 메일 주소를 문의드렸다. 근데 아마 안 될 것 같다. 워낙 '셀럽'이시라 책이 나왔으려면 진작 대형 출판사에서 나왔겠지. 그래도 포기하지 말고 컨택해보라고 친구가 말해주어서 한번 연락드려보았다. 문자에 답장은 여전히 오고 있지 않지만 조금 기다려보련다.

일한다는 것

 회사를 나와 독립하기 전에 사주를 보러 간 적이 있다. 무슨 심리상담을 받는 것처럼 매우 흥미진진한 시간이었는데, 골자는 이렇다. 사업하면 잘된다. 다만 시작하면 처음 1년 동안은 고생하는데(마음고생 포함해서) 그다음 해부터는 잘된다는 것이다. 아, 1년만 고생하는 게 어디냐. 그다음해부터 잘된다는 말이 그렇게 철석같이 믿어졌다. 어쩌면 그게 지금 나의 동력인지도 모른다.

 물론 지금까지 경과로 따지면 사주 봐준 언니 말이

다 맞는 건 아니다. 일이 끊이질 않으니 집과 회사는 가까워야 한다, 집에서 일하지 마라, 그러면 병난다고 했는데, 나는 지금 집에서 일을 하고 있고, (아직까지는) 병도 나지 않았다. 내가 지레 겁먹었던 것보다 마음고생도 별로 없다. 물론 실수투성이이다. 좌충우돌이라고 하기엔 너무나 어이없는 나의 과오들은 나의 친구들을 경악게 한다. 그렇게 경악할 정도의 실수들이지만, 지난 일은 지난 일이고 앞으로 잘하면 되지 뭐, 하고 또 금방 나를 용서하고 지나가버린다.

어제 과음의 여파인지 오늘은 왠지 아무것도 하기 싫어 손을 놓고 있다. 그러고 있으니 어쩐지 슬그머니 불안이 밀려온다. 내가 지금 잘하고 있는 건가, 이래서 잘될까, 사주 봐준 언니 말이 뭐라고, 믿을 게 없어서 그런 말이나 믿고 있는 건가, 10층 건물은커녕 내 사무실 한 칸이나 제대로 갖출 수 있을까. 그런 불안이 스멀스멀 밀려오기 시작한다. 미뤄놓았던 불안들이 마치 약속이라도 한 듯 오늘 한꺼번에 오는 것만 같다.

나뿐만 아니라 1인출판을 하는 많은 사람들이 그렇듯 외로울 때는 외로울 것이다. 주위에 이렇게 도와주는 분들이 많아도 결국 나 혼자라는 생각이 든다. 나 혼자 하는 일이다. 나 혼자 기획하고, 나 혼자 결정하고, 나 혼자 책임지는 일이다. 물론 '외로움'에 대한 이야기들은 이 일을 시작하기 전에도 충분히 들었다. 혼자 일하는 편집자들, 디자이너들, 작가들, 프리랜서 친구들한테서. 때로는 옆에 동료가 있었으면 좋겠다, 가끔은 회사에 다니고 싶어질 때가 있다, 온종일 말 한마디 안 할 때도 있다…. 하지만 바깥으로는 그 외로움들을 내보이지 않는 것뿐이리라. 힘들어 보이는 게 뭐가 그리 좋아 보이려고. 말해봐야 좋을 게 없으니까.

　실체 없는 걱정들이 마음을 가득 메운다. 그런데 가끔 푸념도 하고 살자, 하는 생각도 든다. 외로운 게 뭐 어떤가. 그것도 일의 일부이다. 내가 지금 하고 있는 일의 일부이다. 일도 마냥 즐거울 수만은 없고, 마냥 신날 수만은 없다. 그러니 오늘은 그냥 그런 날이려니 한다. 오늘은, 오늘은 그냥 외로운 날이려니 한다.

,

한참 흥미진진한 꿈을 꾸고 있었는데 새벽 3시쯤 잠에서 깼다. 왜 갑자기 전에 다녔던 출판사 사장님이 내 꿈에 출연한 것일까…? 내 무의식 속에 그는 어떤 인물로 남았던가…. 뭐 대체로 (현실과 다르게) 칭찬받은 꿈이었으니, 길몽으로 치자.

,

침대에서 꼬물대며 핸드폰으로 메일을 확인해보니 지금 뮌헨에 있는 디자이너가 다음 책 표지 시안을 보내왔다(그는 지금 유럽 여행 중이다). 그쪽은 이른 아침이다. 아아, 표지가 다 예뻐! 어려워, 어려워…. 카톡을 열고 디자이너랑 한참 의견을 나누었다. 고민 끝에 하나를 골랐다. 이번엔 첫 책 표지를 결정할 때처럼 결정장애로 디자이너를 괴롭히지 않았다. 장족의 발전이다.

,

잠도 깬 마당에 책상에 앉았다. 미국에 거주하는 저자 선생님께 표지 시안을 보내드렸다. 그쪽은 지금 점심시간쯤 됐겠다. 보낸 지 20분 만에 수신확인이 되었다고 뜬다. 내가 미는 표지를 저자 선생님께 열심히 어필했는데, 제발 나랑 같은 마음이길 기도 드렸다. (저자 선생님은 독실한 크리스천이시다.)

,

표지도 얼추 마무리되었으니 이윽고 보도자료를 쓸 때가 다가
왔다. 커피를 내리고 라떼를 마시면서 담배를 세 개비쯤 태웠
다. 그런데도 보도자료 요정이 납실 기미가 보이지 않는다. 페
이스북을 열고 글을 적었다. "깨어 있으신 분은 저랑 놀아주세
요…."

MC 데뷔

동네서점에서 《높은 자존감의 사랑법》 두 번째 북토크를 열었다. 이번에는 정아은 작가님이 내게 진행을 맡아달라고 했다. 무려 진행을! 무대공포증이 있는 내게 말이다. 아아, 회사에 다닐 때 같으면 마케팅팀한테 떠밀거나 했을 텐데, 이제 떠밀 사람이 없다. 나밖에.

나는 무대공포증 환자이다. 아주 어렸을 때부터 증상이 심하여 국민학교 때 반장 선거를 나가거나 발표를 해야 할 때, 목소리가 거의 염소처럼 떨려 나왔다. 리코더

실기 시험을 볼 때는 손이 부들부들 떨렸다. 아아, 심장아, 그만 나대라…. 이 증상은 성인이 되어서도 이어졌다. 네 번째 회사에 있을 때는 전 직원 앞에서 우리 팀의 한 달간 성과를 보고해야 했는데, 목소리가 어찌나 떨렸던지 회의가 끝나고 나니까 누가 물었다. 너 울었냐? 울었어…? 그 뒤부터는 청심환을 복용한다.

그런 나에게 진행이라니…. 내가 정아은 작가님 강의하는 모습을 분명 본 적이 있는데, 홀로 카리스마를 뿜뿜 뿜어내면서 말씀도 잘하시더니만, 도대체 왜 내게 진행을 맡기신단 말인가. "우리 대표님, 앞으로 다른 책들도 많이 만드실 텐데, 분명 이런 경우가 또 없지 않을 텐데, 지금부터 연습을 하셔야지 말입니다. 이렇게 작은 북토크에서부터 진행하는 법을 배우셔야 합니다, 대표님, 네네, 안 그렇습니까?" 그렇게 말씀하시는데, 저는 못합니다, 절대 못합니다! 할 수는 없는 노릇이다.

정원은 딱 열 명이다. 아기자기 작은 서점에서 책을 둘러보던 사람들이 슬슬 자리에 앉기 시작했다. 북토크

시간이 다가온다. 으음, 나는 고우리다, 나는 고우리다, 마름모 출판사 대표. 10층 건물을 지을 거다⋯. 원, 투, 쓰리⋯. 북토크를 시작했다. 먼저 내 소개를 하고, 작가님 소개를 하고, 본격적으로 토크를 시작했다. "작가님, 최근 마름모 출판사에서 희대의 베스트셀러《높은 자존감의 사랑법》을 출간하셨는데요, 마름모 출판사 대표 고우리와 작업하기로 마음먹으신 계기가 있으십니까⋯?"

나는 그렇게 작은 동네서점 '책방연희'에서 MC로 첫 데뷔를 했다. 끝나고 참석자 분들의 질문을 유도하는데 한 분이 말씀하셨다.

"아니, 한 40분 지났겠거니 했는데, 벌써 한 시간 20분이 지났더라고요. 시간이 '순삭'! 오늘 너무 즐거웠습니다!"

독자 한 분도 감상을 내놓으셨다.

"아아, 북토크 여기저기 많이 다녀봤는데, 오늘 분위기도 좋고 너무 좋았어요!"

북토크가 끝나고 나니 밖이 어둑어둑해졌다. 선선해

진 거리를 작가님과 함께 걸었다. "작가님, 저 잘했어요? 잘한 거 맞죠? 잘했죠?!" 경의선 책거리 어느 맥줏집에서 작가님께 피자와 맥주를 얻어먹으며 계속 칭찬을 유도했다. 됐다. 나는 오늘 해냈다. 무대공포증을 극복한 것이다. 오늘 업무 끝!

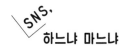

SNS,
하느냐 마느냐

출판사를 차리겠다고 선언한 후부터 제일 많이 들은 말이 SNS를 열심히 해야 한다는 것이었다. 정지우 작가를 비롯해 여러 작가님들, 업계 친구와 선배들이 그랬다. 요새 1인출판사들은 대표 그 자체가 브랜드가 된다고들 했다. 그때마다 우는소리를 했다. "제가 막 나대고 드러내고 그런 성격이 아니거든요? 저는 익명성이 좋거든요? 저 어쩌면 좋아요. 그런 거 잘 못하는데…."

그런데 웬걸? 퇴사하고 나서부터 SNS를 무지 열심히

하기 시작했다. 정확히 말하자면 열심히 하게 '됐다'. 무슨 전략이 있어서가 아니다. 그냥 심심했다. 회사를 그만 두고 나니 이른바 '잡일'이 없어졌다. 사람들과 부대껴야 할 일도 없어졌다. 회사를 다닌다는 것 자체가 나에게 스트레스였다는 걸 프리랜서가 되고부터 알게 되었다. 나의 경우 아마도 회사 내의 '위계' 때문이었을 것이다. '동료'는 좋았지만 '윗사람'은 싫었다. '아랫사람'도 싫었다. 나는 동기고 후배고 선배고 사장이고 모두 '동료'라고 생각했는데, 그렇게 생각하는 회사는 존재하지 않았다. '모두가 동료인 조직', 그건 아마 형용모순이거나 이상세계에만 있는 어떤 것일 것이다.

　모종의 위계가 있는 인적 네트워크. 그곳을 빠져나간다는 것은 이른바 '사람 스트레스'를 내려놓는 일이었다. 내가 혼자 일하는 작업실(우리 집)엔 함께 일하는 디자이너와 인쇄소 부장님과 여러 작가님들과의 소통이 있지만 '정치'가 없다. 세상 평화로운 곳이 나의 작업실이다. 위계와 정치가 빠져나간 자리에, 내게 있는 줄도 몰랐던 에너지가 들어찼다.

독립한 지 8개월째, 나는 어쩌다보니 SNS를 즐기는 사람이 되었다. 일을 잔뜩 하고도 에너지가 남을 때면(심심할 때면), 한글을 켜고 백지에 글을 쓰기 시작한다. 온갖 이야기를 다 쓴다. 책 이야기, 영화 이야기, 작가님과 계약한 이야기, 편집 후기, 거래처 실수담, 심지어 우울증 고백까지…. 결코 내놓지 못할 것 같던 내 이야기들을 올리기 시작했다. SNS를 통해 알게 된 교수님 한 분이 내게 그러셨다. "우리 고우리 대표님은 비밀이 없네요?"

SNS를 하면서 (많은 분량은 아니지만) 책도 몇 권씩 판다. 나를 믿고 사주시는 분도 있고, 내 무언의 압박에 못이겨 사주시는 분도 있다. 그런데 사실 SNS 홍보를 통해 그런 직접적인 이득을 크게 얻는 것은 웬만한 '셀럽'이 아니면 어려운 일이다. 나의 경우 SNS를 해서 얻은 게 있다면 말 그대로 '연결'이다. 온라인 안에서가 아니라 온라인 밖에서 적지 않은 사람들을 만나게 되었다.

K시인과는 SNS로 음악 얘기를 하다가 에세이 계약에 이르게 되었다. 요새 잘나가는 모 출판사의 H상무님

과는 함께 여행을 다니는 사이가 되었다. 나와 비슷한 시기에 1인출판사를 꾸리기 시작한 H대표님과는 이제 심심하면 전화로 수다를 떨곤 한다. 내가 멀리서만 지켜봤던 두 분인 E와 S 출판평론가 선생님들과는 가끔 만나서 술잔을 기울이곤 한다. 유리로 조형 작품을 만드는 W작가님과 삼청동 전시회장에서 만난 일도 있고, 얼마 전에는 뜬금없이 국회보좌관과 정치학 교수님과도 연을 맺었다. 모두 SNS를 통해 알게 된 사람들이다.

네 번째 회사에서 나를 뽑았던 사수가 그랬다. 편집자가 좋은 것은 지위고하를 막론하고 세상 모든 사람에게 말을 걸 수 있는 것이라고. 누구에게나 책을 내자고 제안할 수 있다는 것이라고. 다행스럽게도 나는 호기심이 많다. 열려 있는 편이다. 그것이 내게 주어진 가장 큰 장점이 아닌가 싶다. 나의 세계 바깥에 있는 이상하고 신기한 사람들을 만나는 경험이 편집자에게 얼마나 큰 자산인지를 잘 알고 있다. 무엇보다 SNS를 통해서 나는 그 경험을 맘껏 즐기게 되었다.

양날의 검, 프리랜서

    프리랜서가 되는 일은 양날의 검이라고들 한다. 좋은 점과 나쁜 점이 명확하다. 나의 경우 가장 좋은 점은 내 시간을 온전히 내가 알아서 쓸 수 있다는 점이다. 사실 이 점에 관하여서는 나도 겁을 많이 먹었다. 나는 퇴근하면 예능 프로그램이나 넷플릭스를 보며 침대에 뻗어 있는 것이 일인 사람이었기 때문이다. 주말에도 마찬가지다. 우리 집 고양이(이름이 '딸기'다)나 〈주토피아〉에 나오는 나무늘보처럼 밥 먹고 화장실 갈 때 빼고는 침대에 딱 붙어 있다. 특히 나는 아침형 인간이 아닌지라 주말만 되면

낮밤이 바뀌어 월요일 아침이 되면 비몽사몽하기 일쑤다. 그런 내가 프리랜서, 그것도 사장이 될 수 있을까?

그런데 사장이 되어보니 갑자기 나는 부지런한 사람이 되었다. 밤낮 주말 할 것 없이 일을 하는데, 일이 하나도 힘들지 않고 피곤하지도 않다. 따박따박 월급이 들어오는 일도 아니고, 심지어 내 돈을 써가며 하는 일인데 (아직은) 스트레스가 없다. 일이 없으면 오히려 심심해 미칠 지경이 되어 원고를 안 주고 계신 작가님들에게 연락을 돌려 공포에 떨게 만든다. 아, 나는 내 정체성을 미처 모르고 있었단 말인가. 나는 어쩌면 워커홀릭인지도 모른다!

그에 반해 슬프게도 나쁜 점은 수두룩하다. 첫째, 폐병에 걸릴 것 같다. 나는 방에서 담배를 피우는 개망나니다. 특히 보도자료를 쓰거나 SNS에 글을 쓸 때면 줄담배를 내리 피운다. 대체 왜 글을 쓸 때는 꼭 담배를 피우게되는지 모르겠다.

둘째, 배가 나온다. 내게 운동이라곤 출퇴근 및 점심 시간에 걸어다니는 것이 전부였다. 특히 점심시간이 아 니면 햇볕 쬘 일이 거의 없다시피 해서 회사 다닐 때도 반 좀비였달까. 지금은 더 심하다. 운동이라고는 숨 쉬는 것 이 전부다.

셋째, 가끔 심심하다. 그러나 이건 어찌어찌 극복할 수 있다. SNS를 가지고 노는 방법을 터득했기 때문이다. 물론 내가 페이스북에 놀아달라고 아무리 외쳐도 나랑 놀아주는 사람은 별로 없지만, 아이가 모래땅에 혼자 그 림을 그리고 놀 듯, 나도 그렇게 논다. 별 재미도 없는 글 을 올리곤 한다.

물론 가장 안 좋은 점은 돈 문제와 연관된다. 좀 더 넓 은 집으로 이사를 가려고 차곡차곡 모아둔 몇천만 원을 책이라는 물건에 쏟아붓고 있다. 이렇게 책이 안 팔리는 시대에, 나 좋아서 말이다. 정회엽이 쓴 《책 덕후 아님》 에서 작가는 교생실습을 나갔다가 충격을 받는다. 엄청 난 베스트셀러의 제목을 아는 학생들도 드물다는 것이다. 그중에서도 "인문교양서는 비주류의 비주류"라고 한다. 아, 나는 어쩌다 비주류의 비주류를 만들겠다고 작정한 것인가.

그럼에도 불구하고 매일 아침 제일 먼저 하는 일이 교보문고, 예스24, 알라딘 SCM(판매자 공급망 관리)에 들어가 전날 판매량을 확인하는 것이다. 책이 안 팔린다, 안 팔린다 하는 말을 비단 나만 하는 것은 아닌 듯한데, 가끔 판매량이 기대에 못 미쳐 힘이 쭈욱 빠질 때가 있다. 하루에 1만 부씩은 팔려야 하는 거 아닌가? 응? 그러니 이 가여운 프리랜서를 위해 여러분이 해주실 일이 있다. 책을 사주시는 일이다. 내 책이건 남의 책이건 상관없다. 한꺼번에 다섯 권씩 사주시면 더 좋고, 아니면 도서관 다섯 군데에 한 권씩 신청해주셔도 봐드리겠다.

,

고양시에 있는 마두도서관을 다녀왔다. 원고 부탁하려고 '찜콩' 한 저자 선생님 책을 몽땅 찾아다가 훑어보았다. 이분, 내가 생각한 것보다 훨씬 멋있고 내공 있는 분이다. 책에 다 나와 있다. 역시 나는 사람 보는 눈이 있어.

,

다음 책 《아주 정상적인 아픈 사람들》 표지가 확정되었다. 오늘 하루의 절반을 컴퓨터 앞에 앉아 표지만 바라보았다. 하염없이 바라만 보았다. 이번 책 표지가 유난히 마음에 든다. 아주 예뻐 죽겠다. 우리 디자이너도 예뻐 죽겠다. 수정할 부분이 있어 오후 4시 26분에 메일을 보내놓고 현재 이탈리아 베니스에 있는 그녀가 수신확인을 했는지 안 했는지 20분 간격으로 체크하고 있다. 수신확인해라, 확인해라, 확인해라….

,

드디어 보도자료를 마무리했다! 인쇄소에 데이터도 넘기기 전에, 인쇄도 돌리기 전에, 인쇄감리도 가기 전에 보도자료를 마무리했다! 아아, 사우나 가서 때 빼고 땀 빼고 선선한 바람이 부는 나무 그늘 평상에 앉아 얼음 동동 띄운 수박주스 한 잔을 들이켠 기분이다. 상쾌하기 짝이 없다. (참고로 나는 보도자료 쓰는 일을 세상에서 두 번째로 싫어한다.)

,

종잇값이 또 오른다고 한다. 7퍼센트 인상. 올해만 해도 벌써 세 번째 인상이다. 변명 같지만, 그러니 책값을 안 올릴 수가 없다. 털썩…. 나는 발 빠르게 다음 책에 쓸 종이를 미리 사두었다.

,

밤에 애정하고 존경하는 작가님 한 분에게 또 기획 제안 메일을 보냈다. 이 작가님이랑은 꼭 한번 작업해보고 싶어서 계속 두드려보고 있다. 흠, 열 번 찍으면 넘어오시겠지? 사랑합니다, 작가님….

저자 선생님에게 호되게 혼났다

오늘은 저자 선생님 한 분에게 호되게 혼났다. '헤어질 결심'까지 생각하고 연락하신 것이다. 전화로 한참을 통화하다가 끊고 직접 만나 뵈러 갔다. 지하철을 타고 약속 장소로 가는 길에 오만 가지 생각이 들었다.

우리가 엇갈린 이유는 근본적으로 이렇다. 나는 학술서에 가까운 이 책을 좀 더 대중적으로 만들어보려고 이리저리 요리를 했고, 선생님은 내 요리를 받아들일 수 없었다. 과연 독자를 누구로 상정하느냐는 것이 선생님의 질문이었다. 맞다. 모든 책을 대중 독자에게 팔 수는 없다. 나는 깨끗이 인정했고, 그 방향성을 받아들이기로 했다.

어쩌면 내가 너무 타성에 젖어 있는지도 모른다. 나는 혼날(?) 각오를 하고 과감하게 내 의견을 개진하는 타입의 편집자인데, 그 스타일이 맞는, 그래서 그런 방식을 환영하는 저자가 있다. 아마 나는 그런 방식에 너무 익숙해져 있었는지도 모른다. 하지만 그러지 말아야 할 원고도 있다. 너무 정교하게 짜여 있어서 하나를 건드리면 모든게 무너져내리는 그런 원고들. 원고를 좀 더 성실하게 읽고 더 정확히 파악했어야 했다. 텍스트가 어렵다고 어려운 부분을 몽땅 들어내는 게 답은 아니니까. 밑도 끝도 없이 빨간 줄을 그어놓고 '쉽게 써달라'고 요청하는 게 답은 아니니까. 비 내리는 창밖이 좋은 불광천 카페에서 맥주를 마시면서, 우리는 이런저런 얘기를 나누었다. 선생님은 헤어질 결심을 철회하셨다.

출판이 어렵다. 나는 마름모 출판사가 인문학에 투자할 수 있는 규모를 갖춘 출판사가 되었으면 좋겠다. 이 책은 그 첫 번째 시도가 될 것이다. 선생님과 작업하는 동안 의견을 나누면서 출판에 대해 장밋빛 미래를 그려본 적은 없다. 오히려 그 반대다. "우리가 이 책을 팔면 얼마 팔겠냐. 1,000부 팔면 잘 파는 거 아니겠느냐. 그렇다고 해도 이 책을 그런 식으로 낼 수는 없다. 이 책은 대중 독자를 염두에 두고 쓴 책이 아니다. 적은 독자라도 그들에게 충실한 책을 썼다. 그게 바로 나란 사람이다." 선생님은 말씀하신다. 그것은 어쩌면 책을 팔아서 부자가 된 사람이 할 수 있는 말은 아닐 것이다. 선생님은 '살아남은 자'에 속한다. 이 척박한 출판계에서, 그것도 돈 안 되는 인문학으로.

출판이 어려운 것은 무조건 '잘 팔리는' 책으로만 살아남을 수는 없다는 걸 배웠기 때문이다. 아니 살아남을 수는 있을지라도 이름을 남길 수는 없을 것이다. 나는 그 두 가지 사이에서 절묘한 균형을 잡고 싶다. 이건 나만의 포부가 아니라 많은 출판인들의 희망일 것이다. 우리는 '좋은' 책을 만들고 싶다.

출판사를 시작하기 전에는 오히려 수백 번 회의했다. 내가 살아남을 수 있을까? 먹고살 수 있을까? 이 치열한 판에서? 그런데 지금은 그런 생각을 안 한다. 그런 생각이 들지 않는다. 나는 살아남을 것이다. 나의 작가들은 이름을 남길 것이다. 10층 빌딩에서 함께 지지고 볶으면서 신나게 살 것이다. 되도록 그런 생각을 하려고 한다. 그런 생각을 하면 금방 기운이 나니까. 다른 방법은 없다.

그 작가님처럼 나도 울었다

언젠가 작가님 한 분이 펑펑 울었다는 글을 읽었다.
내 편이라고 생각했던 사람에게 온전히 거절당한 경험을
했다는 내용의 글이었다. 나는 그 '내 편'이라는 사람이
아마도 어느 편집자일 것이라고 짐작했다.

작가는 종종 거절당하는 사람이기도 하다. 편집자에
게 또는 독자에게 평가받는 사람이다. 글을 쓴다는 것은
나를 오롯이 보여주는 일이다. 온 세상에 내 생각과 가치
관과 세계관을 드러내는 일이다. 자칫 상처받고 다칠 수

도 있는 일이다.

편집자 역시 작가에게 거의 모든 것을 보여준다. 서로가 콘셉트를 논의하며, 원고를 고치며, 제목을 짓고 보도자료를 쓰면서 말이다. 책을 만드는 전 과정에서 내 능력과 실력, 원고를 대하는 자세와 마음, 작가에 대한 애정혹은 무관심을 드러낸다. 아니 드러나고 만다.

오늘 오랫동안 알고 지내온 어느 작가님의 마음을 알게 되었다. 그는 나와의 작업을 접을 생각을 하고 있다. 내 능력과 실력, 원고를 대하는 자세와 마음, 작가에 대한 애정에 의문을 품었기 때문이다. 나는 작가에게 거절당한 것이다.

여러 가지로 마음이 복잡하다. 작가의 글을 오로지 내 '취향'에 맞게 난도질했던 것이 아닐까. 그 어려운 원고를 앞에 두고 나태했거나 오만했던 것은 아닐까. 작가님은 책에는 "어떤 층위란 게 있다"고 했다. 그런 층위가 없는 글, 계속 평평하기만 하고 어느 지점에 있어야 할 깊이가 없는 책은 잠깐 반짝할지 몰라도 오래가지 못하는 법이라고 했다. 그 말을 오래오래 곱씹었다.

과연 나는 그러했다. 그런 책들이 몇몇 떠오른다. 여러 층위를 가진 매력이 있는 책을 내가 너무 쉽게, 평평하게 만들어버린 경우를. 글의 개연성이나 연결 관계에만 목매달고, 이따금 움푹 들어간 깊이가 있는 어느 지점을 나는 '뜬금없다'고 여기고는 했다. 나는 그들에게 결과적으로 좋은 편집자가 아니었다.

평평 울었다는 그 작가님처럼 나도 오늘 울었다. 이젠 편집 일이 쉬워졌다고 말하곤 했다. 그게 얼마나 용감하고 무식한 말이었는지 뼈저리게 깨달았다. 나는 어쩌면 타성에 젖은 것이거나 일종의 슬럼프에 빠진 것이었는지도 모른다. 그것을 깨닫게 되는 데 한 명의 작가를 잃었다. 혹독한, 혹독한 날이다.

작가님이 내게 고맙다고 한다

특히 원고를 다루는 일에 관하여, 편집자는 자기가 잘하고 있는지 못하고 있는지를 객관적으로 볼 수 없는 경우가 많다. 그러니까 작가가 준 이 날것의 원고를 내가 예쁘게 매만지고 있는지, 엉망으로 일그러뜨리고 있는지를 알기란 어려운 일이다. 비교군이 없기 때문이다. 이 원고를 붙들고 있는 편집자는 오로지 나밖에 없기 때문이다. 그러니 내가 잘하고 있는지 못하고 있는지는 작가와의 소통을 통해서만 어느 정도 가늠할 수 있을 뿐이다. 내가 하는 작업 하나하나 더듬이를 바짝 세우고 뜯어보는 사람은 오로지 작가뿐이니까.

편집자도 여러 작가와 작업하지만, 작가도 나라는 편집자뿐 아니라 여러 편집자를 거치게 된다. 책을 많이 내고 출판 경험이 많은 작가가 그렇다. 그러면 작가는 편집자가 그렇듯 상대방을 파악하려고 노력한다. 이 편집자는 어떤 스타일인가. 원고에 손을 별로 안 대는 스타일인가, 적극적으로 고치는 스타일인가. 콘셉트는 잘 이해하고 있는가, 아니면 아무 생각도 없는 것인가. 작가는 편집자의 역량과 스타일을 판단한다. 어제는 J작가님에게 이런 말을 들었다.

"편집자님은 한 꼭지 한 꼭지 흩어져 있는 원고를 기승전결로 구성하는 걸 특히 잘하시는 것 같아요. 저는 그게 편집자의 중요한 덕목이라고 보거든요. 마치 기획하고 쓴 책처럼 책을 만들어주세요."

그래, 맞다. 내 자랑이다. 나는 이 작가님과 책을 두어 권 만들었는데, 작가님은 그날그날 떠오른 생각을 하루도

빠짐없이 페이스북에 올리는 것으로 유명하다. 이 작가님과 작업을 할 때는, 주제도 내용도 천차만별, 365일 가지가지인 글을 고르고 골라 예쁘게 구성해 콘셉트가 있는 한 권의 책으로 만드는 게 편집자의 일이다. 내가 그 점에서 특장점이 있다면 나는 이 작가님과 궁합이 아주 잘 맞는 것이다.

같은 원고를 열 명의 편집자에게 주면 열 개의 다른 책이 나온다고들 한다. 편집에는 정답이 없다는 말이다. 누가 맞고 누가 틀린 것은 없다. 각자가 가진 역량과 감각대로 책을 더 '좋게' 만들려고 노력할 뿐이다. 그 과정에서 작가와 궁합이 잘 맞을 수도 있고 아닐 수도 있다. 작가와 나의 세계관이 충돌할 수도 있고 합치할 수도 있다. 그리하여 서로 내상을 입을 수도 있고 더욱 공고해질 수도 있다. 편집은 그처럼 인간적인 일이다.

그런데 작가가 내게 고맙다고 할 때 그것만큼 나를 행복하게 하는 일은 없다. 책이 백만 부가 팔린 것보다도, 무슨 무슨 추천도서에 선정된 것보다도 말이다. 그것은 어떤 운이나 다른 요소가 끼어들지 않은, 오로지 내가 한 작업에 대한 온전한 평가이기 때문이다. 나는 고맙다는 작가의 말 한마디에 그저 행복해진다.

작가님이 내게 고맙다고 한다. 그 말이 무너져 내린 나의 자존감을 조금이나마 일으켜 세우는 힘이 되었다. 맞다. 내가 하는 편집이 개선이 될 수도 있고 개악이 될 수도 있다. 내가 항상 작가를 만족시켜줄 수는 없다. 나는 완벽한 편집자가 아니니까. 다만 이번 작업이 작가에게 내상을 입혔다면 나는 더 나아지려고 노력한다. 내가 적어도 그렇게 노력한다는 것을 나의 작가님들이 믿어주시길 바랄 뿐이다.

,

오늘은 무척 바빴다. 새 책《아주 정상적인 아픈 사람들》이 나와서 본사(우리 집)에 도착했다. 아침부터 부랴부랴 언론사에 보낼 책을 발송했다. 나는 발송 대행업체로 '북피알'을 이용한다 (업체를 이용하면 업체에서 대신 수십 군데의 언론사에 보낼 책을 보도자료까지 직접 출력해서 책과 함께 발송해준다). 가능하면 아침 일찍 와서 책을 가져가달라고 부탁했는데, 무려 9시 20분에 본사 도착. 출근하고 바로 오셨나보다. 언론사에 보낼 책은 전부 80부, 덩이로는 20부씩 네 덩이를 끙끙대며 5층에서 1층까지 날라다 기사님에게 전달했다(우리 빌라엔 엘리베이터가 없다).

,

어제부터 새 책 첫 주문이 들어오기 시작했다. 이런 날은 기분이 아주 좋다. 아침부터 주문이 몇백 권씩 들어오기 때문이다. 그러나 나는 오늘 또다시 주문을 넣으며 경악할 만한 실수를 저지르고 만다. 알라딘에 출고시켜야 할 책을 교보문고로 출고시킨 것이다. 아악! 결국 나의 실수는 물류센터 대표님이 수습해주었다. 교보문고에서 책을 도로 가져오시기로 했다. 물류센터 대표님에게 "죄송합니다"를 백번쯤 했다. 정말 죄송합니다, 대표님….

'

주문 넣는 일이 내 적성에 맞지 않는다는 걸 깨달았다. 그런데 어쩐담. 나는 주문 넣는 일이 즐겁다. 책이 나가는 소리가 막 들리는 것 같기 때문이다. 그래서 그냥 세계 3대 편집자가 되기보다 세계 3대 주문 넣는 자가 되기로 결심했다. 앞으로 다시는! 이런 실수는 없도록 할 것이다.

'

알라딘 MD 미팅을 다녀왔다. MD님에게 새 책을 소개하는 자리다. 뭔가 엄청난 준비를 하고 가야 할 것 같지만, 사실 '준비'라고 할 것은 거의 안 했다고 볼 수 있다. 첫 책 미팅 때 겪은 바로는, MD님 앞에만 서면 머릿속이 새하얘지는바, 준비한 시나리오는 한 점 남김없이 휘발되고 말았다. 그래서 이번엔 그냥 내면에서 우러나오는 대로 다다다다 썰을 풀고 왔다. 이래도 되나 싶다. 그래도 나의 진심은 전해졌을 것이다. 이거 정말 좋은 책이에요!라고 백번 말했으니까.

독자에게

전화를 받았다

이런 전화를 한 통 받았다. 독자 한 분이 《아주 정상적인 아픈 사람들》을 쓴 폴 김 선생님의 연락처를 물은 것이다. 폴 김 선생님은 미국에 거주하셔서 연락 닿기가 힘들다고, 메일을 보내시는 게 어떻겠느냐고 했는데, 메일 보내기를 어려워하시는 것 같았다. 대신 그분은 내게 자신의 사연을 털어놓았다.

딸이 조현병이라고 했다. 회사를 다니다 말다 하는데, 지금은 좀 나아져서 약국에서 근무한다고 했다. 자기 남편은 서울과 전주에서 유명한 깡패였는데, 결혼을 안 해주면 죽겠다고 쫓아오기를 한세월, 결국 포기하고 그 남자와 결혼했단다. 집에 가져오는 돈이 없어 밥벌이라도 하러 나갈라치면(그분은 간호사로 일한다) 따귀를 올려붙였다. 의처증이 심해서 교회도 못 다니게 했다. 엄마가 아버지한테 그런 대접을 받는 것을 보고 자라온 딸은, 부모에게서 사랑받은 경험이 없다고 어린 시절을 기억한다. 엄마는 아직도 딸에게 미안하다고, 너도 알지 않니, 내가 그럴 수밖에 없었던 것을, 미안하다, 미안하다, 틈만 나면 사죄한다. 어머니는 지난 세월을 몽땅 내게 털어놓았다.

"선생님은 결혼은 하셨어요?"

"저는 아직….."

"아이고, 잘하셨어요. 나도 예수 믿는 사람 아니면 결혼 절대 안 하려고 했지. 우리 딸이 그래요. 엄마는 도대체 왜 아빠랑 결혼했느냐고. 그렇게 물으니까 내가 웃음밖에 안 나오더라고. 그런데 지금 우리 아저씨는 하늘나라에 있어요. 암에 걸려서 진작 저세상 사람이 됐지. 그래도 우리 딸은 지 신랑이랑 1년에 한 번 꼬박꼬박 산소에 가요. 나는 절대 가기 싫다, 갈 생각도 없다, 너도 가지 마라, 하면 딸이 그래요. 엄마는 무슨… 그래도 아빤데… 해요. 책에 나온 말이 맞아요. 그런 병은 착한 사람들만 걸려요. 우리 딸이 진짜 착해요. 엄마는 나를 왜 이렇게 착하게 낳아놓았느냐고 그래요, 우리 딸이….."

나는 중간중간 "에고, 힘드셨겠어요…" "그렇죠…" "맞아요, 맞는 말씀이에요" 하며 맞장구를 쳐드렸는데, 그게 그분의 마음을 편하게 해드렸나보다. 나는 그 어머니와 47분간을 통화했다.

책을 만들고 나면 여러 가지 반응을 접하게 된다. 이 책도 그랬다. 읽으면서 정신질환에 대한 묘사가 너무 생생해서 무서웠다는 독자도 있고, 책을 만들면서 편집자인 나도 참 어려웠을 것 같다고, 내 마음까지 짚어주신 분도 있었다. 맞다. 책을 만들면서 쉽지 않았다. 책에 나오는 어느 사연에서는 내 모습이 겹쳐 보이기도 하고, 또 어떤 사연에서는 우리 아빠의 모습이 떠오르기도 했다.

우리 아빠는 IMF 즈음에 명예퇴직을 하고 서울에 있는 중소 규모의 건설업체 회계 담당 이사로 이직을 했는데, 회사가 부도가 나면서 아빠도 병에 걸렸다. 최근에 엄마에게 들으니 그게 조현병이었다고 했다. 엄마도 힘들었을 테지만, 나도 오빠도 힘들었다. 우리는 그때 고2, 고3이었는데 전학 수속까지 마쳐놓고 다시 취소했다. 서울로 전학을 가지 못하게 됐다. 오빠는 담임선생님 앞에서 펑펑 울어버렸다는 소리를 엄마한테 전해 들었고, 나는 그때 이후로 희망이라는 걸 믿지 않게 되었다. 이게 끝이겠지, 끝이겠지, 하면 또다시 절망이 찾아왔다. 나는 아주 지쳐버렸다.

우리 아빠는 다행히 병원에 입원해서 몇 달 후에 완치되었는데, 그 이후의 삶은 엉망이 되었다. 아빠는 지금 '정상적인' 생활을 하고 있지만, 예전과 같은 사회적 지위는 잃어버렸다. 병이 사람을 그렇게 만든 것인지, 아니면 사람이 병을 몰고 온 것인지는 모르겠다. 내가 그때 어른이었더라면 아빠에게 어떤 도움을 줄 수 있었을까.

　　《아주 정상적인 아픈 사람들》이란 제목을 지으면서 사실은 나를 떠올렸다. 나는 아주 정상인 것 같은데, 한편으로는 아픈 사람인 것도 같다. 이런저런 기억의 응어리를 풀지 못한 채 가슴에 담아두고 살아간다. 퇴근할 때면 어김없이 덮쳐오던 무기력감, 그야말로 집채만 한 허무와 우울감에 뜬금없이 눈물 흘리기도 했다. 그냥, 그냥 눈물이 났다, 라고 말할 수는 없다. 그렇다기엔 내가 내 증상을 이미 알고 있었으니까.

　　그러니까 나는 아주 어렸을 때부터 우울감을 달고 살았다. 다만, 이것이 치료해야 할 병이란 걸 이해하는 데는 오랜 시간이 걸렸다. 어느 날 문득, 또다시 맥락도 없이 눈물을 쏟아내면서 내가 아프다는 걸 처음으로 인정하게 되었다. 그것이 병원에 가봐야겠다고 처음으로 결심한 날이다.

아픔은 치료의 시작이라고 한다. 증상을 드러내고 표현해야 비로소 병을 고칠 수 있다고 한다. 독자의 전화 한 통을 받으면서, 나도 내 이야기를 꺼내봐야겠다고 생각했다. 그가 꺼내놓는 이야기에 같이 마음 저리며, 나도 내 이야기를 마냥 담아두고 있을 수만은 없겠다고 생각했다. 그건 너무 비겁하달까. 나는 안 아픈 척, 괜찮은 척하는 것은. 나 또한 아주 정상적인 아픈 사람들 중 하나니까. 이 책은 내 이야기이기도 하니까.

출판의 말들

나의 작가인 A작가님, 1인출판을 하는 S대표님, 모
서점의 Y과장님과 하는 일종의 모임이 있다. 별것 없이
밥 먹고 수다 떨다 헤어지는, 내가 가장 좋아하는 코스로
이루어진 모임이다. S와 Y와는 만난 지 이제 딱 세 번째
지만, 내가 만난 남성들 중 손에 꼽을 만큼 젠틀하고 세련
되고 지적이고 유머러스한 분들이다. 다들 출판계 사람들
이라 주로 책 이야기, 출판사 이야기, 편집자 이야기, 출
판 정보들을 나누고는 하는데, 역시 이들 사이에 끼어 있
으면 나는 모르는 게 너무 많은 새내기 같다. 특히 S로부

터는 1인출판사 선배이자 대표로서 배우는 게 많다.

이제 4년 차 대표인 S는 책을 대하는 마음이 사뭇 진지해서 볼 때마다 신선하게(?) 느껴진다. 그가 책에 대해, 출판에 대해 말할 때는 죽은 말들, 상투적인 말들이 없다. 이를테면, 이 책 그냥 내는 거예요, 돈은 안 될 거예요, 이 업계가 다 그렇죠 뭐, 출판계에서 베스트셀러 되어봤자 얼마나 번다고…. 우리는 그런 말들을 한다. 그것이 우리의 정신건강과 사업에 도움이 안 되는 줄 알면서도, 마치 제삼자의 입장에서 내 일이 아니라는 듯, 그렇게 이 지난한 판에서 거리를 두는 말들을 하곤 한다.

그런데 S에게서는 그런 말들이 없다. 본인이 만드는 매 원고에서 희망을 발견하며, 독자에게 그 진심을 전달하려고 하고, 하물며 내가 만들 책에 대해 말할 때도 나보다 더 애정 어린 말들로 내 원고의 가능성을 조금이라도 북돋아주려고 한다. 어찌 보면 너무 반듯한 사람이라 비현실적으로 느껴질 때도 있고, 이 판에서 그처럼 사심 없고 꿋꿋한 것이 마치 만화에 나오는 캔디 같다고 느껴질 때도 있다. 출판계의 모든 사람이 좌절하여 하나둘씩 다른 것을 좇을 때에도 그는 마지막까지 남아 업계를 지키면서 좋은 저자를 발굴해내고 정성스럽게 책을 만들어낼 것만 같은 예감이 든다.

그를 보면서 많이 반성했다. 자조와 냉소가 섞인 말들에 동조하고, 또 나도 모르게 그런 말들을 뱉고 있었다면, 이제 그만해야지. 그런 생각들은 쉽게 주입되고 그런 말들에는 쉽게 감염된다. 나를 죽이게 하는 말들이다. 생기를 빠져나가게 하는 말들이다. 저자의 희망을 믿고, 책의 힘을 믿지 않는다면 나도 어느새 기운 빠지는 말들이나 늘어놓는 뒷방 노인네 신세를 면치 못하리라. 의식적으로 내 생각을, 내 말을 좀 더 살아 있는 것으로 순화시켜려고 노력해야겠다. 안 그러면 어쩔 텐가. 출판은 내가 선택한 판이고 내가 선택한 길이다. 상황에 지지 않으려고 애쓰는 것 말고 다른 답은 없다.

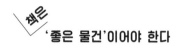

책은 '좋은 물건'이어야 한다

책이 세상을 바꿀 것이라는 믿음이 얼마나 중요한지 깨닫는다. 그 믿음이 어떤 책을 출간할 것이냐는 선택을 좌우한다. 진지한 책, 조금 지루할지도 모를 머리 아픈 책, 세상의 유행과는 반대 이야기를 하고 있는 책, 그리하여 다수의 흥미를 유발할 가능성이 현저히 낮은 책, 초반에는 좀 안 팔리더라도, 조금 힘들더라도 그런 출판을 견디어내는 마음이 필요하다.

그렇게 차곡차곡 좋은 도서목록이 쌓이면 언젠가는

독자들의 신뢰를 얻게 된다. 책은 아직 그런 영역이다. 다른 어떤 매체보다도 소비자들이 그 선한 영향력에 대한 기대가 있는, 아직은 순수한 영역이다. 소비하는 순간 즉각 휘발되어버리는 마냥 즐겁고 기분 좋은 콘텐츠, 그것은 책이 아니더라도 다른 여러 매체가 오히려 더 효과적으로 더 탁월하게 생산해낼 수 있다.

책에는 그와는 다른 역할이 주어졌다. 책만이 할 수 있는 일이 있다. 시각이, 청각이, 그 종합인 영상이 해내는 일과는 다른 일을 문학이 한다. 문학은 감각하는 것이 아니다. 읽는다는 것은 생각한다는 것이다. 오로지 순수하게 생각할 것을 요구한다. 그것이 해낼 수 있는 일이 있다.

그걸 믿어보자. 그 믿음이 머릿속에 깊이 박혀 단단히 자리를 잡을 때까지, 그리하여 의식하지 않아도 자연스럽게 행동으로 옮겨질 때까지 체화시켜보자. 나는 바로 이런 책에 대한 믿음을 틈나는 대로 상기할 필요가 있는 뜨내기 출판업자다.

내가 의식적으로 이런 주문을 외우는 이유는 자꾸 균형이 무너지려고 하기 때문이다. 이 책이 팔릴까?라는 질문이 내가 책을 선택하는 유일한 기준이 될까봐 두렵기 때문이다. 책이 돈을 벌어다주는 물건인 것은 맞다. 그런데 돈을 벌어다주는, 팔리는 책을 좇는다고 해서 그 책이 정말 잘 팔리느냐는 알 수 없는 일이다. 우리의 안목은 때때로 맞고 거의 언제나 틀리다.

책은 '좋은 물건'이어야 한다. 팔리는 책을 찾다가 망할 수 있다. '좋은' 책을 찾다가 망할 수도 있다. 그런데 그 확률은? 차라리 좋은 책을 좇자. 그러면 망하더라도, 적어도 내가 하는 일이 한낱 자본주의의 무의미한 놀음, 심지어 나무와 사회에 유해하기까지 한 짓이 되었다는 허탈감, 자괴감에 빠지지 않을 수는 있지 않을까. 설령 망하더라도, 다시 일어설 수 있다는 자존감까지 잃지는 않을 것이다.

업무일지 ⑥

,

지난달 가계부를 이제 막 마무리했다. 나는 매달 초에 지난달 지출과 수입을 엑셀 파일에 정리해둔다. 아직까지 제작비에 내 인건비를 포함시키지 않고 있는데, 내 인건비(용돈)를 포함시키면 남는 게 없다. 사실상 마이너스. 사업 초기엔 그게 당연하다고 한다. 허리띠를 졸라매야 하는데 뱃살은 계속 비대해져서 큰일이다.

,

돈이 최고다. 명절 연휴가 출판사 대표에게는 우울한 날임을 깨달았다. 요 며칠간 매출이 뚝 떨어졌다. 어쩌면 나같이 이제 막 한두 권을 냈을 뿐인 작은 출판사에만 해당하는 말인지도 모르겠다. 아아, 나에게 명절 보너스를 두둑이 주고 싶었건만! 열심히 일한 나여, 굶을지어다….

,

내후년쯤 나올 책 원고를 읽고 있다. 원고지로 4,000매가 넘는데, 단행본 서너 권은 족히 나올 분량이다. 이걸로 끝이 아니다. 원고가 아직 반도 넘어오지 않았다. 이 원고들 중 좋은 꼭지를 골라내 한 권의 책으로 만들어야 한다. 원고의 대서양에 통통배 하나 띄우고 항해하는, 《파이 이야기》의 파이 같은 느낌이랄까. 그러나 나는 유능한 편집자가 아니던가?! 원고 읽으면서 대략 콘셉트를 잡았다. 가제이긴 하지만 제목과 부제도 잡았다. 열심히 일한 나여, 그래도 굶을지어다….

'

두 곳의 에이전시에서 《아주 정상적인 아픈 사람들》 판권 문의를 해왔다. 태국과 중국에서 관심이 있다고 한다. 에이전시에 메일로 원고 PDF를 보내고 책을 발송했다. 아시아권에서는 한국 책을 그래도 눈여겨보는 것 같다. 나도 전에 회사에서 일할 때 베트남과 일본에 판권을 팔아본 적이 있다. 해외에서 책을 사오기만 했지 팔아본 기억은 별로 없는데, 내가 기획하고 편집한 책이 팔리니 기분이 무척 좋았다. 이번 책도 잘되어서 바다를 건너가기를!

책 ^{출간} 제안이 왔다

SEASON 1 ———————— 편집자가 사장?!

책을 내자는 제안을 받게 되었다. 내가 작가도 아니고, 딱히 글을 잘 쓴다고 생각해본 적도 없는데, 이런 제안을 받게 되니 뭔지 모를 민망함이 물밀듯이 밀려왔다. 내가 뭐라고 책을 써? 물론 편집자라고 책을 내지 말라는 법은 없지만, 서점엔 날고 기는 출판편집자들이 쓴 좋은 에세이들이 차고 넘친다. 내가 가진 것만 해도 몇 권이다. 그런데 내가 무슨 말빨(?)로 여기에 한 권을 보탠단 말인가.

그런데 솔직히 고백하자. 마음이 동하는 건 사실이다. 동전의 양면과 같은 마음이다. '내가 뭐라고 책을 써?'라는 마음 한편으로는, '그러니 누가 내준다고 할 때 한번 내볼까?'라는 마음이 자꾸 부딪친다. 나는 책이라는 것이 독자에게 가닿아 어떤 도움을 줘야 한다는 믿음과, 살아생전 내 이름으로 책 같은 물건을 한번 내보고 싶은 자아실현 사이에서 갈팡질팡하고 있다. 아아, 도대체 내 시시껄렁한 이야기가 책이 될 물건인가 싶으면서도 말이다.

나를 이렇게 고뇌에 휩싸이게 만든 것은 출판평론가 S선생님이다. 선생님과는 내가 마지막 회사에서 만든 책

《우리는 글쓰기를 너무 심각하게 생각하지》에 추천사를 써주신 인연으로 알게 되었는데, 그는 이후로 내 SNS를 팔로우하면서 재미있게 보고 계시다고 했다. 어느 날은 문득 연락을 하셔서 선생님과 우리 집의 중간지점에서 만난 적이 있다. 아주 유쾌한 분이었는데, 무엇보다 나를 과대평가(?)하시는 것이 한편으론 부담스러우면서도 기분이 꽤 좋았다. 아아, SNS에서 떠들기를 잘했다. 나의 '있어빌리티'가 먹힌 건가….

'있어빌리티', 이건 작은 출판사를 운영하는 대표에겐 (농담 반 진담 반으로) 작지 않은 무기가 될 수 있다. 지금 막 시작하는 1인출판사가 무슨 파워가 있겠나? 무슨 자본이 얼마나 있고, 무슨 경쟁력이 얼마나 있겠나? 다만 아등바등 열심히 하는 모습을 보여주었고, 그게 사람들에게 전해졌으면 됐다, 성공했다, 하는 마음이 들었다. 출판계에서 잔뼈가 굵은 선생님이 나를 그렇게 봐주신다니 어쩐지 뿌듯했다.

선생님은 출판평론가로서 진지하게 내게 말씀하셨

다. 출판계에는 스타 편집자가 많이 필요하다. 강의 나가 보면 젊은 친구들이 출판에 대해선 아무것도 몰라도 롤 모델로 삼을 만한 편집자 이름은 알더라. 그런 게 출판계에 얼마나 큰 자산이냐. 출판계에 그런 스타들이 많아야 한다. 그래야 젊은 친구들이 선뜻 출판계로 올 마음이 생기지. 그래야 출판계가 살아나지. 우리 같은 늙다리들이 아무리 떠들어봤자 누가 듣지도 않는다.

그러시면서 내게 SNS에서 글 쓰고 노는 것을 하던 대로 계속하라고 했다. 내가 책 만드는 얘기, 작가들과 노는 얘기, 출판 동네 얘기들을 풀어놓는 것이 재미있다고 했다. 뭐 다른 주문도 아니고, 하던 대로 SNS에서 놀라고 하시니, 그냥 놀았다. 그런데 덥석 출판사 한 곳을 섭외하시더니 출판사 대표님까지 나의 '있어빌리티'에 낚이도록 세뇌의 주사를 놓으셨다. 아아, 이거 이거, 대표님, 대표님? 제 책 내서 쫄딱 망하면 어쩌시려고요? 네? 같은 편집자이자 대표로서 정신 차리게 찬물이라도 한 바가지 부어드려야 하나 싶다.

편집자의 사생활

SEASON 2

프랑크푸르트 도서전에서 생긴 일

SEASON 2 ————— 편집자의 사생활

독일 뷔르츠부르크에서 공부할 때다. 철학을 공부하던 단짝 언니가 말했다.

"고우리야! 나 프랑크푸르트 도서전에 면접 보러 가기로 했어. 우리 과 교수님이 도서전에 아는 사람이 있어서 추천해줬어! 너도 면접 보러 갈래?"

"으응? 도서전? 갑자기 웬 도서전?"

"이번 프랑크푸르트 도서전은 한국이 주빈국이야. 독일어를 할 줄 아는 한국 사람이 필요하대."

2005년의 일이다. 그때 나는 이런저런 아르바이트를 하면서 돈을 벌고 있던 때라 아르바이트라면 뭐든 오케이였다. 게다가 프랑크푸르트 도서전이라니, 아아, 얼마나 지적이고 멋있어 보이는 아르바이트란 말인가. 들어보니 내가 하던 대형마트 아르바이트나 요양원 아르바이트보다 급여도 낫다. 물론 기껏 5박 6일 일하는 것뿐이지만 자기소개서에 한 줄 넣을 수 있는 '있어 보이는' 일이다. 나는 언니의 소개로 같이 면접을 보러 가기로 했다.

면접 당일 미리 끊어놓은 기차표를 가지고 프랑크푸

르트로 출발하려는데, 언니에게 연락이 왔다.

"고우리야, 큰일 났어! 나 기차표를 잘못 끊었어!"

"뭐라고? 그게 무슨 말이야?!"

"너 먼저 가야 되게 생겼다. 나는 너 면접 본 다음으로 면접 시간을 바꿔야겠어…."

"아아, 이런. 실수도 뭐 그런 실수를 다 하냐, 언니야…."

어쩔 수 없이 나 혼자 먼저 프랑크푸르트로 향했다. 도서전이 열리는 건물의 사무실에서 지적인 분위기의 미모의 여성이 나를 맞이했다. 그가 나의 보스가 될 터였다. 우리는 이런저런 얘기를 나누었는데, 도무지 내용은 생각이 나질 않는다. 다만 당시의 분위기가 꽤 좋았고, 우리는 여러 번 함께 웃음을 터뜨렸던 것은 기억난다.

면접을 끝내고 뷔르츠부르크로 돌아와 언니를 만났는데 울상이었다.

"고우리야, 나는 망한 것 같다. 면접 때 어버버했어."

"아니냐, 언니, 괜찮을 거야…."

언니를 위로했는데, 웬걸, 결국 나를 면접으로 이끌었던 언니는 떨어지고 나만 도서전에서 일하게 되었다. 나는 5박 6일 동안 프랑크푸르트의 어느 한인 민박집에 숙소를 잡았다.

프랑크푸르트 도서전은 여러 프로그램과 전시들이 즐비한 세계 최대 규모의 도서전이다. 그해에는 한국에서 온 여러 출판사 관계자, 관람객뿐만 아니라, 독일어를 할 줄 아는 한국인 자원봉사자들이 대거 참여해 곳곳에서 한국인들을 많이 볼 수 있었다(심지어 나와 같이 대학을 다녔던 동기도 보았다!).

한국에서 직접 준비한 부스도 많았지만 내가 일했던 곳은 프랑크푸르트 도서전 측에서 주빈국인 한국을 위해 마련한 전시관이었다. 세계 곳곳에 번역된 우리나라 책들을 한곳에 모아 전시하는 곳이다. 독일인들에게 전시관 이곳저곳을 안내하면서 질문에 답하는 것이 나의 임무였다. 프랑크푸르트의 어느 신문사 기자가 내게 사진을 요청해 책을 들고 있는 내 사진이 신문에 대문짝만 하게 실리기도 했다(안타깝게도 지금은 그 신문을 간직하고 있지 않다).

그때 당시가 파주에 출판도시 설계를 막 시작할 즈음이었다. 전시관 한쪽에 출판도시 모형이 떡하니 자리 잡고 있었다. 나는 '파주출판도시'라는 게 있는 줄 그때 처음 알았다. 나와 같이 일하던 독일인 한 명이 말했다.

"와우, 이런 발상이 너무 신기하네요! 어떻게 출판사를 한 도시에 모아놓을 생각을 다 했죠?"

"으음? 그게 신기한가요? 듣고 보니 그렇기도 하네요?"

"우리 씨도 한국에 돌아가면 출판사에서 일할 생각이 있다고 하지 않았나요? 저기서 일하면 되겠네요?!"

"네? 파주요? 설마요. 파주는 지방이라서 너무 멀어요. 저는 서울에 사는 사람이라 서울에 있는 출판사에서 일할 거예요. 파주라니요, 무슨…."

한국에 돌아와서 과연 나는 출판사에 취직했다. 첫 회

사가 바로 파주에 있었다. 두 번째 회사도 역시 파주에 있었다. 결국 5년 가까이를 파주에서 일했다. 물론 내 이력서에는 그때 프랑크푸르트 도서전에 참여했던 경험이 한 줄 들어가 있다. 사람 일은 알다가도 모를 일이다.

첫 회사 다닐 때는

첫 회사에 다닐 때는 사실 내 일이 마음에 안 들었다. 《마법천자문》의 영어 버전을 만들겠다고 회사에서는 부푼 꿈을 안고 꾸린 팀이었는데, 나는 성인 단행본팀으로 이력서를 냈다가 어쩌다 덜컥 그 팀에 합류하게 되었다. 내 과거의 전공과 지금의 이력을 생각하면 첫 단추를 묘한 데서 끼우긴 했다. 내가 《마법천자문》 같은 어린이 학습만화를 만들게 될 줄은 꿈에도 몰랐으니까.

편집부의 일은 일단 영단어 조합을 만들어내는 것이

었다. 이름하여 캐릭터 네이밍 학습법. 이를테면 '퍼즐 맵' '이글 카펫' '머슬 글러브' '아이언 앨리게이터' '벌룬 치킨' 같은 신조어를 만들어놓고 글 작가님이 그에 맞춰서 스토리를 짜내는 것이다. 조합된 단어가 스토리에 개연성 있게 녹아들면서도 아이들이 재미있도록 이야기를 끌고 나가야 했다. 무슨 공식이 있는 것이 아니라 그저 아이디어를 짜내는 것밖에 답이 없었다. 골치 아픈 일이었다.

나는 글 작가님과 함께 아이디어를 짜내면서 친해졌는데, 어느 날 작가님이 출력된 콘티 한 장을 마구 흔들어대는 것이었다. 작가님의 엄지와 검지 사이에 끼인 A4 용지가 마구 펄럭거렸다.

"응? 작가님? 뭐 하시는 것이죠?"

작가님은 콘티를 계속 흔들다가 멈추고 다시 빤히 들여다보았다.

"콘티를 맑은 눈으로 다시 봐야 해. 독자 입장에서 객관성을 가져야 하는 것이지."

그러면서 그 짓(?)을 몇 번 반복했다. 무슨 주문을 외우듯. 콘티가 '맑은 눈'으로 보일 때까지.

　내가 그 회사에서 배운 것이 그거다. 내가 한 작업을 객관적으로 볼 수 있는 눈을 가지는 것. 원고에 함몰된 편집자의 눈이 아닌, 신선하고 맑은 독자의 눈으로 원고를 바라보는 것. 경력이 한참 쌓이고, 나중에 알게 됐다. 그게 편집에서 얼마나 중요한 원칙인지를. 아마 그게 편집의 대원칙이라고 말할 수도 있지 않을까.

너는 안 해본 장르가 없네?

나는 평생 '동심'이란 걸 가져본 적이 없다. 아주 어렸을 적에도 산타할아버지의 존재를 믿어본 적이 없고, 나를 다리 밑에서 주워 왔다는 작은삼촌의 농담이 왠지 무섭게 느껴지지 않았다. '도대체 이 어른은 무슨 말도 안 되는 소리를 하는 건가? 그 말이 절대 진실일 리 없다!'고 나름 옳은(?) 방향으로 해석했다. 집에는 하드커버에 거의 정사각 판형의 동화책 전집이 있었는데, 기억나는 거라고는 《콩쥐팥쥐》나 《혹부리 영감》 같은 전래동화가 전부다. 지금처럼 창작동화가 쏟아져 나오던 시절이 아니기도 했다(내 나이는…).

그런 내가 어린이 그림책을 만들게 되었다. 사연이 기구하다. 첫 회사에서 《마법천자문》 같은 아동용 콘텐츠를 만드는 일이 도무지 적성에 맞지 않았다. 나도 그냥 내 나이에 맞는 성인용 단행본을 만들고 싶었다. 대단한 희망사항도 아니고, 평범하기 그지없는 꿈을 안고 새로운 회사에 입사원서를 넣었다. 소설부터 에세이, 논픽션, 실용서까지 별의별 책을 다 만드는 출판사였다. 일이 일사천리로 진행되는 듯했다. 바로 연락을 받고 면접을 보았고, 내게 직접 차를 끓여주던 다정한 사장님이 좋았다. 연봉도 300만 원이나 올랐다.

그런데 문제는 사장님이 어린이 그림책 브랜드를 런칭하겠다는 것이었다. 이름하여 '키득키득'. 아니, 지금까지 어른 책만 만들던 출판사에서 갑자기 어린이 책이라니. 내가 입사하려는 이 찰나에! 그것도 '키득키득'이라니! 꼬꼬마 시절부터 진작 흑화되었던 나 같은 인간에게 '키득키득'이란 의성어는 어울리지 않는다. 도대체 나는 언제 키득키득 웃어보았던가. 언제 사람을 키득키득 웃겨보았던가. 도무지 어린이들을 그렇게 웃길 자신이 없었다. 우물쭈물하는 나를 보고 사장님이 그랬다. 고작 2년 차인 내게 팀장 직급을 주겠다고 했다.

"팀장요? 사장님, 저는 아직 그럴 경력이 안 되는데요?"
"나랑 같이 하면 돼요, 우리 씨."

결국 다정한 사장님에게 홀랑 넘어가고 말았다. 나는 직급은 팀장이었지만, 사장님을 팀장으로 모시고 나는 팀원처럼 일하는 1인 팀장이 되었다.

2년 반을 어린이 그림책 편집자로 보냈다. 사장님과 호흡도 잘 맞았고, 예상했던 대로 사장님에게 무척 많이 배웠다. 그림책을 만드는 일이 생각보다 재미있었다. 무엇보다 고작 2년차밖에 되지 않는 새내기 편집자가 팀장 노릇을 하느라 고군분투했지만, 그렇게 팀장 역할을 '연기'해보는 것도 나름 스릴이 넘쳤다. 나는 인쇄소로, 에

이전시로, 혹은 작가들과 미팅할 때 사장님을 쫄래쫄래 따라다니며 옆에서 팀장인 척 그럴듯하게 임무를 수행해 냈다.

세월이 흐르고, 출판사의 성인 단행본 부서에서 편집장을 하던, 지금은 클출판사의 대표가 된 김경태 선배가 언젠가 그런 말을 했다. "너는 안 해본 장르가 없네? 무슨 '요람에서 무덤까지' 편집자냐?" 출판계에 입문하고 나서 어린이 책을 만들면서 성인 단행본을 만들어보겠다는 꿈을 수년이나 보류하게 되었지만, 지금은 이런 생각이 든다. 딴짓을 하며 허송세월한 것이 아니다. 그때 배운 일들이 다 피가 되고 살이 되었다. 돌아가더라도, 조금 늦게 가더라도 그저 충실히 해둘 일이다. 나는 이제 못하는 것이 없는 편집자다. 요람에서 무덤까지!

최악의 제작 사고

두 번째 회사에서 어린이 그림책을 만들 때 내 업무를 나는 간략히 '가내수공업'이라 칭하고는 한다. 기획도 내가 해, 편집도 내가 해, 번역도 내가 해…. 기획은 주로 에이전시 레터를 통하거나, 외국에 거주하는 기획위원님이 보내주신 책 자료를 검토해서 책을 선정하고는 했다. 내가 편집을 하면 사장님이 직접 최종 교정을 봐주셨는데, 덕분에 편집 경력 '만렙'의 사장님에게 많이 배웠다. 영어와 독일어 책인 경우 번역도 내가 직접 했는데, 으음, 과연 이래도 되는지 살짝 양심에 찔리곤 했다. 사장님은 아마 내가 어린이 책 정도는 거뜬히 번역할 수 있다고 생각해서 나를 뽑으신 게 아닌가 싶다. 돌이켜보니 그래도 나 이 정도면 일당백 아니었겠는가?

　그렇게 '고오급' 인력이었던 내가 세 번째 책을 만들 때였다. 상상력이 마구마구 샘 솟는 예쁜 그림책을 내놓게 되었다. 윤문에 신경을 많이 써서 사장님께 칭찬도 받았다. 회사에서 나름 미는 주력도서가 되었다. 책의 장정에도 신경을 많이 썼는데 표지에 푹신푹신한 스폰지를 넣고, 각진 모서리를 둥그렇게 처리하는 '귀돌이' 제작을 했다. 돈이 많이 들어가는 책이었다.

　책이 다 만들어지고 본사에 입고되는 날은 편집자에게 가장 기분 좋은 날이 아닐까. 내 수고의 결실을 직접 손으로 받아보는 날이니까. 당시 내가 다니던 출판사는 책이 나오면 전 직원에게 책을 증정했다. 그렇게 책이 한 바퀴 회사를 돌더니, 다른 부서의 모 팀장님이 사장님을 찾아갔다.

"사장님, 이거 표지에 저자 이름이 잘못 표기되었는데요?"

"뭣이?"

"잔니 로다리가 꽤 유명한 작가인데…. 이름이 잘못 들어가면 안 될 것 같아요…."

'고오급' 인력은커녕 직급만 팀장이었지, 그림책에 대해서는 1도 모르던 사람이 나였다. 사실 '잔니 로다리'라는 이름도 책을 만들면서 처음 들어봤고, 그가 이탈리아의 저명한 그림책 작가라는 것도 모르고 있었다. 표지에는 정말로 잔니 로다리의 이름이 잘못 박혀 있었다. 그는 '잔니 로다니'가 되어 있었다.

본사에 뿌려진 책을 모두 거둬들이고 다시 제작하기로 했다. 다리가 막 후들거렸다. 머릿속이 새까매지면서 땅이 푹푹 꺼지는 것 같았다. 이거 어떻게 처리해야 하나, 나 이제 어떻게 되는 건가, 이렇게 출판계에서 영영 묻혀버리고 마는 건가….

사장님이 방으로 나를 호출했다. 독대의 순간. 먼저 입을 떼신 사장님.

"저자 이름 잘못 들어간 거 나도 못 봤네, 내 잘못도 있다."

"...?!"

"다음엔 이런 실수 하지 말아요."

호되게 혼날 줄 알았던 나는 얼떨떨했다.

"아니, 사장님, 이렇게 넘어가도 되시겠어요? 괜찮으시겠어요?! 잘못했습니다. 으아앙!"

그해 연봉 협상이 있던 날 사장님이 그랬다.

"고팀장, 내가 월급 많이 올려주려고 했는데, 그 실수가 컸어. 이번엔 조금밖에 못 올려주겠다. 그래도 잘했어요. 수고했어."

사장님은 몸집은 작은데 여장부 기질이 있는 분이다. 월급을 조금밖에 못 올려줬다고 말씀하셨지만 나는 매우 만족했다. 내가 보기엔 큰 금액으로 연봉이 올랐다.

책을 만들면서 그 후로도 몇 번 실수를 했지만, 책을

다시 제작해야 할 만큼 큰 실수를 한 적은 없다. 그날은 내 출판 경력에서 최악의 실수를 저지른 날이 되었다. 지금 생각해봐도 살 떨리는 경험을 했다. 꼭 그 일 때문은 아니지만, 당시 사장님은 내가 만난 사장님 중에 지금도 가장 좋아하는 사장님으로 남아 있다(정말 그 일 때문에 그런 것은 아니다). 사장님, 추앙합니다. 조만간 인사드리러 가겠습니다!

데미안

세 번째 회사에서 만든 《데미안》은 내 편집 이력에서 가장 드라마틱하게(?) 만든 책 중 한 권이다. 여기서 드라마틱하다 함은….

《데미안》의 번역 원고는 세 번째 역자를 거치고서야 출간되었다. 첫 번째 역자는 타 출판사의 번역을 지나치게 참고했다. 나는 그것을 늦게(?) 알아챘다는 이유로 사장님께 매우 혼났다. 계약을 파기하게 되었다. 두 번째 역자의 번역은 아름다웠다. 그런데 이것이 헤세의 문장이었던가? 아무래도 당시 회사는 세계문학전집의 후발주자였기 때문에 원전에 충실하고 꼼꼼한 번역으로 차별성을 꾀했다. 원전 대조는 물론이고 타 출판사와의 번역 비교도 편집자의 몫이었다. 그런데 이번 번역 원고는 헤세가 쓰지 않은 부사와 형용사들로 문장이 오히려 미려해졌다. 이걸 어찌하지? 고민하다 사장님한테까지 보고가 되었다. 나는 또 어째서인지(?) 사장님께 매우 혼났다. 역자 선생님께 출간 방향에 대해 양해를 구하고 계약을 파기하게 되었다.

세 번째 역자 선생님께는 매우 촉박한 일정으로 번역 의뢰를 드릴 수밖에 없었다. 두 달 만에 번역, 해설, 편집까지 마쳐야 하는 일정이었다. 역자 선생님은 마치 원더우먼처럼 달렸고, 대략 3주 만에 단행본 240쪽 분량의 번역을 끝냈다. 탁월한 해설은 덤이었다(꿈과 무의식에 관한 C. G. 융의 이론으로《데미안》을 새롭게 해석한 선생님의 해설에 대해서는 나도 자부심을 느끼는 바다).

그 후로는 내가 달릴 차례다. 나는 원전과 타사 번역

본을 나란히 놓고 한 문장 한 문장 대조해가면서 교정을 봤다. 《데미안》에 대한 토마스 만의 영문판 서문도 찾아서 부록으로 실었다. 그때의 집중력과 에너지로 일을 했으면 나는 아마 세계 3대 편집자가 되었을 거다. 그렇게 선생님과 함께 3교를 마쳤다.

아직 끝난 것이 아니다. 독일어가 가능한 선배 편집자가 최종 교정을 봐주기로 했다(사장님도 일부 참여하셨다고 들었다). 그리고 그 마지막 교정지를 역자 선생님께 보냈다. 일은 지금부터다. 선생님은 번역이 훌륭한 만큼 일을 깐깐하게 하기로 소문난 분이었다. 교정지를 받은 선생님이 노발대발하셨다. 이것은 나의 문장이 아니라고 했다. 편집자가 문장에 너무 많이 개입했다고 했다. 선배와 나는 후들후들 떨며 댁으로 직접 선생님을 찾아뵈었다. 우리는 눈물이 쏙 빠지게 혼쭐(?)이 나고 다음 날 회사로 출근했다.

아직 끝난 것이 아니다. 이번엔 사장님이 역자 선생님과 식사 자리를 만들라고 했다. 단단히 화가 난 역자 선생님의 마음을 풀어드리려는 작전이었다. 나와 선생님, 사장님 그리고 국장님이 동석했던 걸로 기억한다. 어른들(?)의 모임이라 분위기는 화기애애해 보였지만, 알 수 없는 팽팽한 긴장감이 차려놓은 음식상 위로 떠다녔다. 당시 새내기 편집자였던 나는 꿰다놓은 보릿자루처럼 쭈그리고 앉아 맥주만 따라드렸다. 무서웠다.

그 후로 사장님과 역자 선생님의 통화가 몇 차례 있었다고 들었다. 두 분은 극적으로 타협점(?)을 찾았고, 책은 가까스로 출간기한 내에 나오게 되었다. 그렇게 나온 책이다. 오, 데미안. 그때를 생각하면 혼난 기억밖에 없다.

엄청나게 타이트한 출간 일정, 한창 배우는 중인 대리급 편집자가 짊어져야 할 텍스트의 무게, 내공이 대단한 역자 선생님과의 소통, 그리고 회사 내부의 위계와 질서에 적응하는 일 등 많은 것들이 쓰나미처럼 한꺼번에 몰려와 나를 시험한 시간이었다. 그렇게 한 번 고비를 넘겼다. 그 후로 내 삶은 별 탈 없이 흘러갔는가? 물론이다. 나는 서기 2500년 세계 3대 편집자의 반열에 오르게 되는데….

타이거JK를 만나다

힙합은 1도 모르지만 힙합에 호감이 있다. 〈쇼미더머니〉나 〈고등래퍼〉를 비롯해 엠넷에서 하는 거의 모든 힙합 프로그램을 챙겨 보는 편이다. 래퍼들이 음악을 만드는 과정이 나는 그렇게 신기하다. 뭔가 '창작의 고통'이라는 느낌보다는, 혼잣말처럼 대화처럼 놀이처럼, 툭툭 자기 이야기를 내뱉고 뚝딱 가사를 만든다. 물론 래퍼나 프로듀서들에겐 내가 모르는 고뇌가 있겠지만, 나에게 힙합은 예술의 영역이라기보단 생활의 음악같이 느껴진다.

힙합 하는 사람들은 당최 어떻게 음악을 만들까? 대충 그런 의도로 기획안을 썼다. 힙합 전문 칼럼니스트가 래퍼들을 인터뷰하는 콘셉트였다. 저자, 그러니까 그 칼럼니스트와 첫 미팅을 하던 날, 그를 보고 나는 살짝 겁을 먹었다. 스냅백에 힙한 차림, 덩치도 좀 있었다. 래퍼인 줄 알았다. 이야기는 잘 통했다. 신기하게도, 그가 내가 쓴 기획안과 똑같은 콘셉트로 힙합 영화를 기획 중이라고 했다. 우리나라에서 독보적인 래퍼들을 인터뷰하는 다큐멘터리 영화였다.

12명의 인터뷰이 중 거의 마지막 인터뷰이가 타이거JK였다. 저자가 문득 타이거JK의 인터뷰 촬영 때 같이 가지 않겠느냐고 했다. 어머, 세상에 이런 일이…. 책도 오래 만들고 볼 일이다. 회사에 온갖 자랑을 늘어놓고 의정부에 있는 타이거JK의 작업실로 갔다. 그와 악수를 했던가 안 했던가…. 아무튼 예의 바른 사람이었다. (그날 나는 연예인이란 무엇인가를 생각했다. 가만 서 있는데도 매력과 끼가 흘러넘쳤다. 나는 그와 1미터 거리에서 눈을 맞추고, 그가 내 어깨를 감싸 안는 포즈의 사진을 남기는 호사를 누렸다. 그러고 나서 며칠 동안 타이거JK앓이를 했다.)

촬영팀이 세팅을 마치고 한창 카메라가 돌아가고 있었다. 얌전히 인터뷰 촬영을 구경하는데, 래퍼 두엇이 지나갔다. 당시 〈쇼미더머니〉에 출연했던 래퍼들이었다. 그리고 잠시 후 헐렁한 츄리닝(?)에 자그마한 몸집의 여자가 촬영 중인 줄 모르고 깜짝 놀란 듯 문을 열었다가 살그머니 지나갔다. 누군가 했더니, 윤미래다. 우와…. 그날 처음으로 편집자가 된 것이 행복하다는 생각을 했다.

힙합 칼럼니스트 김봉현 씨는 내가 전적으로 신뢰하는 저자다. 그의 삶의 철학에서 중요한 것이 '균형감각'이라고 알고 있는데, 그게 글쓰기에서 그대로 드러난다. 그의 글쓰기 책 《김봉현의 글쓰기 랩》에는 "노파심에서 말하지만"이라는 표현이 일곱 번 등장한다. 그는 오해하고 오해당하는 것을 원치 않는 정확한 사람이며, 자신의 문장을 마치 편집자처럼 제삼자의 눈으로 바라볼 줄 안다. 그래서 그의 원고를 편집하다보면 몇 군데 교정이나 볼 뿐, 손댈 곳이 거의 없다.

무엇보다 행복한 것은, 그와 작업하면 늘 재미있는 일이 생긴다는 것이다. 나는 래퍼 더콰이엇의 추천사를 받기 위해 그와 이메일을 주고받기도 했고, 대중음악 평론가 임진모 씨가 있는 술자리에 끼기도 했으며, 한밤에 카톡으로 아이디어를 주고받다가 당장 김봉현 씨의 작업실로 달려가 미팅을 갖기도 했다. 그게 일요일 밤 10시였다.

타이거JK의 인터뷰가 들어간 《밀리언달러 힙합의 탄생》은 내가 네 번째 회사에서 김봉현 씨와 함께 만든 책이다. 그 후로도 나는 항상 그와 어떻게 엮일까를 궁리하고 있다. 얼마 전에도 그의 작업실을 방문해 동태를 살폈다. 김봉현 씨는 요새 MBTI에 경도되어 있다. 별걸 다 기록하고 수집하는 콜렉터인 그는 나의 MBTI를 비롯해서, 온갖 뮤지션들과 작가들 등 그의 주변 인물들의 MBTI를 모두 기록해둔다. 마름모 출판사를 차리고 그와 함께하는 새로운 책을 계약했다. 이번 책은 다행히도 MBTI에 관한 책은 아니다.

'전체'를
생각하는 마음

연봉협상 때가 되면 대표님들이 으레 하는 질문이 있다. 그래, 다녀보니 어떤가. 우리 회사가 잘되려면 뭘 더 어떻게 하면 좋겠나. 자네 생각을 거침없이 말해보게. 당시 나는 네 번째 회사에 다닐 때였는데, 어느 정도 경험이 쌓이고, 어느 정도 회사에 대한 애정이 있었으며, 어느 정도 대표님의 신뢰를 얻고 있었으니, 뭐라도 쥐어 짜내 답해내지 않으면 밥값을 못한다는 인상을 줄 것 같았다.

"으음, 대표님, 저는 우리 회사가 규모에 비해 온라인 마케팅을 잘 못하는 것 같습니다. 전 회사 대표님이 그러시더라고요. 이제 신문 광고도 안 통하고, 서점 영업도 한계가 있고, 책을 팔려면 뭘 더 어떻게 해야 하는지 모르겠다! 그래서 '꽂힌' 게 소셜 마케팅입니다. SNS를 적극 활용하기로 한 거죠."

2015년 즈음이었을 것이다. 내가 다니던 전 직장 대표님은 독보적인 카리스마와 추진력으로 한 번 꽂히면 직원들을 달달 볶아서라도 원하는 바를 이루어내기로 정평이 나 있는 분이었는데(물론 그런 성향에는 명암이 존재한다), 이번에는 직원들에게 SNS와 친해지라는 명을 내렸다. 전 직원이 트위터 계정을 파야 했다. 트위터에 규칙적으로 글을 올리면 소정의 인센티브가 주어졌다. 네이버 카페 활성화를 위해 별도의 팀이 꾸려졌다. 편집자는 '편집 후기' 같은 글을 올리도록 독려(?)받았으며, 전략 도서에 대한 홍보 글이 올라오면 우르르 몰려가 댓글을 달아주었다(달아주어야 했다).

"대표님도 그렇게 하셔야 합니다!"

나는 호기롭게 말했다.

"마케팅은 특히나 대표가 명확한 방향성을 갖고 주도하지 않으면 힘이 붙기 힘든 영역입니다. 회사에 여력이 없는 것도 아니고, 이제 우리 회사도 온라인 마케팅에 좀 더 공을 들여야 할 때입니다!"

후훗. 뭔가 밥값을 한 것 같아 뿌듯했다. 이제 연봉을 올릴 일만 남았군, 하며 대표님의 얼굴을 바라보는데, 대표님이 말씀하시었다.

"그렇군. 으음…. 그런가? 그렇다면… 그 일, 자네가 한번 해보게!"

일은 그렇게 시작되었다. "너도 너다. 하라고 하냐?" 동료들이 나를 보고 어이없어했다. 나는 일정 기간 동안만 팀을 맡아보기로 대표님과 합의를 보았다. 편집부 업무를 차근차근 정리하고 온라인 마케팅팀을 맡게 되었다. '맡게 되었다'라기보다 없는 팀을 새로 만들어 팀장의 자리에 앉게 되었다. 입만 살았지, SNS라고는 잠깐 깨작거려본 것 빼고는 경험도 없는 내가 말이다.

일을 시작하고 첫 몇 달 동안은 밥이 안 넘어갈 정도로 스트레스를 많이 받았다. 별도의 팀만 없었다 뿐이지 기존 마케팅팀에서 하던 일을 쥐뿔도 모르는 편집부 직원이 맡겠다고 하니, 마케팅팀 입장에서는 예쁘게 보일리가 없었다. 편집부에서는 신간이 쏟아져 나왔고, 왜 내책은 소개를 안 해주느냐며 우리 팀이 만들어내는 콘텐츠를 예의주시했다. 네이버책팀과 새로 거래를 텄고, 기자들과의 미팅 자리에도 참석했으며, 마케팅팀의 월말 보고서를 유심히 보면서 매출의 흐름을 파악하려고 했다.

마케팅은 확실히 눈에 잘 보이는 영역이 아니다. 편집부의 경우는 책이라는 물성이 있는 결과물로 자신의 작업을 증명해 보이지만, 마케팅에서는 정확히 어떤 홍보작업을 통하여 이 매출이 생겨났는지 측정하기 어렵다. 마케팅은 '돈 넣고 돈 먹는 게임'이라는 말도 있다. 특히나 요새같이 책이 안 팔리는 시대에, 웬만한 규모의 출판사가 아니면 마케팅 비용을 확 쏟아붓기도 어렵다. 선택과 집중, 마케팅팀 입장에선 '될 책'이 아니면 감히 초기비용을 들이기가 조심스러워진다. "아니 뭐, 대단한 마케팅을 해달라는 것도 아니고, SNS에 우리 책 기사 나온 것 좀 올려달라고!" 부탁하는 동료들도 있지만, 그게 또 그렇지가 않다는 것을 SNS 관리를 하면서 깨닫게 되었다. 독자가 흥미를 느낄 만한 지점이 없는 그저 정보성 포스팅은 오히려 팔로워 수를 떨어뜨리고는 했다. SNS 관리자들도 나름의 고충이 있었던 것이다.

불과 반년 동안 온라인 마케팅팀을 담당했을 뿐이지만, 처음으로 '마케터의 입장'이라는 것에 서보게 되었다. 마케터와 편집자는 둘도 없는 파트너이지만, 서로가 서로를 설득시켜야 하는 내부의 적이기도 하다. 내 책은 이런 이유로 100만 부가 팔릴 거라고! 어, 무슨 말인지 알겠는데, 시장 상황은 그렇지가 않다니까! 그렇게 투닥투닥 싸우면서 서로의 의견을 절충시켜나간다.

중요한 것은 '전체'를 생각하는 마음이다. 편집자는 '나의 책'이 일순위이지만, 마케팅팀은 전체 매출을 끌어올려야 한다. 이 책이 됐건 저 책이 됐건, 일단은 잘 팔릴 책에 집중하게 되어 있다. 그래야 '안 팔릴' 책도 만들 수 있기 때문이다. 나의 책이 후순위로 밀렸다고 격분하지 말지어다. 나의 책에는 나의 책만의 몫이 있다. 마케터는 그 몫만큼의 마케팅을 해나간다. 한정된 자원을 정의롭게 배분하려고 노력한다. 그걸 깨닫고 나서는 마케터와 싸울 일이 줄어들게 되었다. 그리고 그를 적이 아닌 동지로 만들 수 있게 되었다. 서로의 입장에 서보는 것은 일에서도 중요한 태도다. 편집자여, 마케터가 돼라. 마케터도 물론 편집자가 되어야 하겠지만. 그런 식으로 전체는 돌아간다.

연봉은 협상하는 것

2006년, 첫 출근을 하던 날이 어땠는지 기억하지 못한다. 그런데 이상하게 입사하고 나서 엄마한테 내 연봉에 관해 전하던 순간은 또렷이 기억한다. "엄마, 내 연봉이 2,300만 원이래. 한 달에 이만큼이나 벌어!" 엄마가 말했다. "2,300이 뭐 많은 거냐? 쯧…." 아, 슬쩍 의기소침해졌다. 연봉이 이 정도면 적은 건가? 이래 봬도 회사란 데에 처음 입사해 내 손으로 처음 받아보는 월급인데, 엄마한테 무시를 당했다.

첫 번째 회사에서는 물론이고 두 번째 회사에서고 세 번째 회사에서고 연봉 '협상'이란 걸 해본 적이 없다. 연봉이란 언제나 '정해지는' 것이지 '협상'할 수 있는 물건이 아니었다. 올해 당신 연봉은 얼마일세. 아, 네, 감사합니다. 넙죽! 이런 것이 나를 포함한 저연차 편집자들의 태도이다. 우리는 아직 우리의 가치를 모른다. '회사에서 나를 써주는 것만 해도 어디야'가 일반적인 태도다. 나 말고도 세상에는 쓸 만한 인력이 널려 있다고 생각하기 때문이다.

처음으로 연봉 협상이란 것을 했던 것은 네 번째 회사에서였다. 당시에 나는 《무엇이 행동하게 하는가》라는 제목의 행동경제학 책을 편집하고 있었고, 공교롭게도 그 책에서 연봉에 관한 은밀한 비밀 한 가지를 알게 되었다. 조사에 의하면 남자들은 입사할 때 자신이 무슨 일이든 할 수 있다고 큰소리를 뻥뻥 치는 반면, 여자들은 언제나 자신의 능력치보다 자신을 더 깎아내리면서 급속히 겸손해진다는 것이다. 남자들은 연봉 협상을 할 때 거침없이 자신의 능력을 부풀리며 더 많은 연봉을 요구하지만, 여자들은 '협상'이란 것 자체에 대해서 부담감을 느끼며 마음껏 목소리를 내지 못한다는 것이다.

으음, 그런가? 정말 그런 것도 같군. 어째서 그런 걸까? 그 책을 읽으면서 생전 처음으로 나 자신의 가치가 얼마인지에 대해 생각해보게 되었다. 나의 가격을 타인이 매기는 것이 아니라 내가 매길 수 있다는 생각을 처음으로 해보게 되었다. 내 가격은 얼마일까? 나는 나를 얼마로 가격 매길 것인가?

그런 마음으로 협상 테이블에 앉아 대표님을 마주 보았다. 용기가 필요하지 않은 것은 아니었다. 그때까지만 해도 돈 얘기가 그렇게 껄끄러웠다. 뭔가 부끄러운 일이라고 여겼다. 그런데 지금 그게 문제인가. 내 밥그릇이 달려 있는데. 해보자, 협상!

"대표님! H과장님과 저는 거의 비슷한 시기에 입사해서 비슷한 업무를 하고 있습니다. 내가 그보다 일을 덜하거나 못했다고 생각하지 않습니다. (H는 남자였고 나보다 나이가 많았다.) 그러니 그가 차장 직급을 달게 된다면, 저도 차장 직급을 달아야 마땅하다고 생각합니다."

"아, 자네 생각은 그런가?"

"네, 그렇습니다!"

"알겠네, 그럼 차장 직급을 주지."

"…!"

"그럼 연봉은 이 정도가 어떤가?"

"대표님! 저는 하반기(10월)에 입사해서 연말에 연봉 협상을 다시 한다고 입사 때 들었는데요, 연말에 협상을 하지 않고 넘어갔습니다. 그것은 부당하다고 생각합니다.

그러니 현재 연봉에서 몇백만 원은 더 올려주셔야겠습니다!"

"아, 그런가? 그럼 이 금액은 어떤가?"

"…!"

나는 대표님이 처음 제시한 금액에서 딱 백만 원을 더 올려받았다. '협상'이란 것을 한 것이다. 인생에서 중요한 타이밍이라면 타이밍이었다. 나는 처음으로 나 자신이 연봉을 '협상'할 수 있는 능력을 갖춘 인재(?)일지도 모른다는 생각이 들었다. 나만 나를 작게 평가하는 것이지, 따지고 보면 회사에서 나 없으면 곤란할 일이 많지 않겠는가? 어째서 그런 생각을 처음 해보았단 말인가! 내가 당시 그 책을 읽지 않았고, 연봉에 대해서 가타부타 말하지 않고 그냥 받아들였다면, 나는 회사가 정해놓은 그만큼의 가격으로 박제되는 것이었다. 아아, 협상이란 그런 것이다. 순간의 선택이다. 평생, 까지는 아니더라도 내 밥그릇의 품질을 좌우한다.

그때 이후로는 협상이란 것을 한다. 스카우트 제의를

몇 번 받아본 적이 있다. "저는 이만큼은 받아야지 회사를 옮기겠습니다"라고 단호하게 내 가격을 부른다. 어디서는 내 제안을 받아들였지만 내가 거절한 곳도 있고, 어디서는 내 연봉이 너무 높다며 나를 거절한 곳도 있다. 후회는 없다. 그만큼 줄 만한 규모니까 그만큼 부른 거고, 아니면 됐다고 생각했다.

그런 상상을 한다. 모든 편집자가 적어도 한 번은 사장님이 제안하는 연봉을 거절해보면 어떨까? 그런다고 큰일 나지 않는다. 올려주면 좋고 아님 말고 말이다. 그러면 최소한 '너 말고도 쓸 만한 사람은 널렸어'라고 생각하는 사장님들에게 브레이크가 걸리지 않을까? 우리는 어쩌면 회사에 없으면 아쉬운 인재일지도 모른다. 아아, 이제 나도 사장인데, 이러다가 사장님들한테 몰매를 맞겠지? 하지만 나는 괜찮다. 나는 평생 1인출판사 사장만 할 거니까.

작가님, 이 제목은 어떠신가요?

나는 기획을 할 때 제목을 정해놓고 시작하는 경우가 많다. 《공부의 미래》나 《민주주의는 회사 문 앞에서 멈춘다》가 그랬고, 나중에 제목이 바뀌긴 했지만 《탈코르셋: 도래한 상상》의 원래 제목은 《코르셋 벗기》였다. 마음에 드는 제목이 나오면 나한테는 책이 거의 만들어진 것이나 다름없다.

그런데 이 책은 전혀 다른 방식으로 만들어졌다. 작가가 무슨 내용을 썼는지, 무슨 콘셉트인지도 몰랐다. 원고가 있으시다니 덥석 원고를 달라고 했다. 나도 이런 경우는 거의 처음이라 걱정되지 않은 것은 아니었으나, 뭐 어떻게든 되겠지 싶었다. 정지우 작가의 글이니까. 또 하나 솔직히 말하자면 작가와 친해지고 싶은 마음이 컸다.

사실 원고 작업은 내가 했던 가장 막막했던 작업 중 하나였다. 작가가 건네준 폴더에는 영화 감상, 서평, 신문, 칼럼, 각종 기고문, 페이스북에 올린 엄청난 분량의 짧은 에세이 등등이 하위 폴더에 분류되어 있었다. 이걸 어떻게 책으로 묶나 싶었다. 원고 분량도 다르고 톤도 다르고 주제도 다르고, 하여튼 다 제각각인 원고들이었다.

분야를 정하는 것부터 기획을 시작했다. 사회비평 에세이로 간다. 사회과학서의 전통이 있는 지금의 출판사에서 내기에 어울리는 장르이기도 하고, 말랑말랑 소프트한 에세이인 전작 《행복은 여기 있다, 한 점 의심도 없이》와 차별되는 에세이여야 했다. 이 책을 통해 '문화평론가'라는 타이틀을 가진 작가의 정체성에 힘을 실어주고 싶기도 했다.

폴더에 담긴 원고 더미에서 사회비평에 어울리지 않는 글들은 모두 쳐냈다. 쳐낸 글들을 얼추 비슷한 콘셉트별로 다시 분류해 전체 목차를 잡았다. 그리고 각각의 글들의 순서를 정했다. 각 꼭지에서 다음 꼭지로 넘어갈 때 최대한 자연스러운 흐름을 만들어내려고 순서를 이랬다저랬다 얼마나 많이 바꿨는지는 원고 수정하는 과정을 함께한 디자이너만 안다(사랑한다 정지현). 그러고 나서 '밀레니얼 세대는 세상을 어떻게 이해하는가'라는 제목을 뽑아냈다.

"작가님, 제목은 이걸로 가려고 하는데 어떠세요?"

"으음, 그것도 좋은데요. 제가 페이스북에 올린 글 중에 '인스타그램에는 절망이 없다'가 가장 많이 '좋아요'를 받은 글이거든요. 이걸 제목으로 쓰는 건 어떠세요?"

"'인스타그램에는 절망이 없다'요? 그 제목은 너무 트렌디해서 유행을 타지 않을까요?"

"으음, 요새 책 수명이 한 3개월이면 끝나던데요 뭐. 길어야 6개월, 1년?"

"으음, 인정. 그럼 그렇게 가시죠."

하여 '밀레니얼 세대는 세상을 어떻게 이해하는가'는 이 책의 부제가 되었다. 내가 그것을 제목으로 고집하지 않은 걸 천만다행으로 생각한다. 엄청난 뜻이 있었다기보다 편집 막바지가 되니 해롱해롱한 상태가 되어 뭔가를 판단할 기력이 남아 있지 않았다고나 할까? 윗선에 제목은 컨펌을 받았고, 제목 좋은데? 소리를 들었으니 됐다. 작가님도 좋으시다니 됐다. 그렇게 희대의 제목이 탄생했다.《인스타그램에는 절망이 없다》.

이 책은 나한테 굉장히 좋은 경험이 되었다. 내가 보도자료에 쓴 대로 책이 독자들에게 읽혔고, 내가 의도한 대로 작가는 문화평론가로서 한동안 바빠졌으며, 책은 《분노사회》와 함께 작가의 또 다른 대표작이 되었다. 그리고 내 생각보다(?) 잘 팔렸다(특히 인스타그램에 인증샷이 매우 많이 올라온다). 나는 작가와 절친이 되지는 못했지만, 작가의 다음 책을 만들게 되었다. 작가의 또 다음 책도. 이러다 작가와 진짜 절친이 될지도 모르겠다.

 이란 무엇인가?

　판권을 두고 싸운(?) 적이 있다. 박노자의 책《당신들의 대한민국》재쇄를 진행해야 했다. 퇴사한 선배 편집자가 만든 책이다. 책을 살펴봤는데 보도자료가 아주 멋졌다. 편집자가 책의 주도권을 쥐고 있다는 느낌, 책의 정체성을 만들어가고 있다는 느낌, 편집자의 개성이 진하게 배어나오는 보도자료였다. 판권에서 편집자의 이름을 유심히 살폈던 기억이 있다.

　그런데 재쇄를 찍게 되었으니 판권에서 선배 편집자

의 이름을 빼고 대신 내 이름을 넣으라고 했다. 제 이름을 넣으라고요? 나는 의아했다. 저는 이 책의 편집자가 아닌데요? 그건 맞지 않는 것 같은데요? 저는 제 이름을 안 넣고 싶은데요? 나는 이 책을 만들었던 선배 편집자에 대해 존중의 마음을 갖고 있었다. 그의 이름을 판권에 남겨두고 싶었고, 그게 옳다고 생각했다. 다 떠나서, 그 책을 만든 사람은 내가 아니라 그였으니까.

퇴사한 직원의 이름은 판권에서 뺀다. 나의 사수는 그게 회사의 방침이라고 했다. "너의 말이 무슨 말인지는 알겠는데, 지금은 상황이 복잡하니 일단 넘어가자. 나중에 다시 이야기하자." 판권엔 내 이름이 들어가게 되었다. 당시 나는 입사한 지 몇 개월이 안 된 신참이어서 발언권도 별로 없었다.

그리고 한 1년쯤 지났을까. 편집부 회의를 통해 다시 판권 얘기를 꺼냈다. 퇴사를 했건 안 했건, 책을 만들었던 담당 편집자의 이름을 넣기로 했다. 당연히 재쇄를 찍더라도, 재쇄를 담당한 편집자가 아니라 책을 만든 사람의 이름이 남게 된다. 우리는 그게 당연하다고 생각했다.

그런데 또 몇 개월이 지나 다시 회사의 방침이 바뀌었다. 퇴사한 직원의 이름은 판권에서 뺀다. 내 의견은 여전히 바뀌지 않았다. 그게 회사의 '방침'에 따를 일인지 잘 모르겠다. 그 책을 만든 사람이 아닌데 그저 재쇄를 담당했다는 이유만으로 새로운 편집자의 이름을 넣는 것은 그냥 '팩트'에 맞지 않는 일이 아닌가.

회사는 왜 그런 방침을 내렸을까. 그게 뭐라고. 판권에 책을 만든 편집자의 이름을 넣어주는 게, 그게 무슨 어려운 일이라고. 아주 사소한 일처럼 보이지만 나는 그게 회사의 방향이나 철학까지도 결정짓는 일이라고 생각했다. 편집자는 그저 회사라는 조직의 작은 나사를 담당하는 '조직원'일 뿐이고, 이 조직 안에서 이루어진 일은 '편집자'의 것이라기보다 '회사'의 것이므로 회사를 떠난 사람에게 이름을 남길 자리 따윈 없다는 것이 회사의 생각이었으리라.

편집자가 뭐 대단한 것이겠는가. 편집자도 회사의 명

에 따라야 하는 회사원일 뿐이다. 나는 다만 그런 방침이 '조직 전략적'으로 옳은 일인가 혹은 좋은 일인가를 생각해보았다. 판권이란 편집자에게(혹은 마케터에게, 디자이너에게, 제작자에게) 이 책이 '나의 책'이라는 표식 같은 것이다. 내가 이 책에 책임을 진다는 뜻이고, 좋은 일이건 나쁜 일이건 책임을 진다는 뜻이다. 애정이든 애증이든 증오든, 책을 만들면서 무슨 감정을 느꼈든, 편집자는 내가 만든 책을 '나의 것'으로 여긴다. 그 정도의 크레딧도 회사에서 주지 못하는 것일까? 그게 회사로서도 옳은 전략일까?

정지우 작가의 책 《인스타그램에는 절망이 없다》를 만들고 있을 당시에, 작가가 내게 이런 제안을 해온 적이 있다. 책 표지에 작가 이름과 나란히 편집자의 이름을 넣자는 것이다. 책을 마감하느라 정신없이 바쁜 와중에 작가와 짧은 통화를 나누었고, 나는 작가의 속 깊은 배려에 그만 울컥하고 말았다. 원고는 온전히 작가의 것이다. 그러나 책은, 작가 혼자만의 것일 수 없다. 작가와 편집자가 함께 만든 것이다. 작가는 내게 바로 그렇게 말해주었다.

그러나 회사의 방침이 작가의 생각과는 절대 일치점을 찾을 수 없으리란 것을 나는 알고 있었다. 그래서 작가의 제안을 받아들일 수가 없었다. 그건 아닌 것 같다고, 내가 책 표지에 이름을 넣을 만큼, 그렇게 대단한 역할을 했다고 생각하지 않는다고 말했다. 그건 사실이기도 했다. 설령 회사 방침이 다른 방향이었을지라도, 나는 작가의 그 고마운 제안을 받아들이지는 않았을 것이다.

기획을 했건 편집을 했건, 내가 그 회사에서 만들었던 책들에 이제 내 이름은 없다. 정지우 작가의 책 《인스타그램에는 절망이 없다》에도 마찬가지다. 다른 편집자의 이름이 들어 있다. 그렇다고 그 책들이 내가 만든 책이 아니게 되는 것은 아니겠지만, 씁쓸한 마음이 들지 않는 것은 아니다. 내가 만든 책들에 내 흔적이 한 줌도 남지 않고 사라져버린 듯한 느낌이 든다.

이거다! 하는 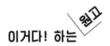원고

"편집자가 봤을 때 이거다…! 하는 원고의 기준은 무엇일까요?" 좀 더 프로페셔널하게 묻자면 "작가와의 계약에 있어 결정적 판단 근거는?" 정도가 될 것이다. 아, 이거 대답하기 어렵다. 머릿속에서 복잡하고 종합적인 과정을 거쳐 내려지는 판단이기 때문이다. 나의 경우 그 판단은 '순식간에' 내려지고는 한다. 원고를 한 5분? 정도 읽으면 판단이 선다. 경력 10년이 넘어서고부터 그렇게 된 것 같다(물론 내 판단이 다 옳으리라는 보장은 절대 없다).

판단하는 데 딱 5분이 걸린, 그런 경우가 있었다. 다섯 번째 회사에 다닐 때 회사 메일로 투고를 받았다. 보자마자 이거 계약해야지! 싶었다. 저자가 보내준 제목에 이어 바로 부제가 떠올랐고('환락의 구조'), 즉시 샘플 원고를 출력해 윗선에 올렸다. 그리고 저자에게 함께 작업해보고 싶다고 메일을 썼는데, 하루가 지나고 이틀이 지나도 그저 감감무소식…. 그 책이 《클럽 아레나》란 제목으로 에이도스 출판사에서 출간된 것을 나중에 알았다.

《클럽 아레나》는 '클럽'이라는 공간을 건축학도의 입장에서 분석한 희귀한 책이다. 사람의 욕망이 어떻게 공간화하는가에 대해 쓴 흥미로운 보고서다. 투고된 원고를 한 페이지, 두 페이지, 세 페이지 읽어내려갔을 때, 아마추어의 글쓰기가 아니라는 걸 알았다(작가는 실제로 신문에 칼럼을 쓰고 있었다). 그만의 개성도 담겨 있었다. 그의 원고가 아무리 의미가 있고 희소한 내용이더라도 재미없이 풀어냈다면 계약까지 생각하지는 않았을 것이다. 결국 내가 원고를 선택하는 첫 번째 조건은 이른바 '글빨'이 아닌가 싶다. 두 번째, 세 번째 조건은 이미 나왔다. 독자들에게 어필할 지점(의미)이 있고, 어디서 들어본 적 없는 새로운 내용(희소성)이라면 더할 나위 없다.

이거다 하는 원고를 '발견'하기보다, 이런 주제로 원고를 쓸 수 있는 필자를 '섭외'하는 경우도 있다. 개인적으로는 그런 방식의 기획을 제일 좋아한다. 그러니까 일차적으로 내가(편집자가) 관심 있고, 그다음으로 독자도 좋아할 만한 주제를 잡아놓고 그에 관해 글을 쓸 수 있는 저자를 찾는 경우다. 나를 위하고 또 독자를 위한 책이라니, 이보다 더 좋을 수는 없다. 역시 다섯 번째 출판사에 다닐 당시 나는 (물론 지금도 그렇지만) '직장 민주주의'에 관심이 많았고, 그러한 화두가 실질적으로 독자의 삶과 생활을 바꿀 것으로 믿었다. 그렇게 내가 먼저 주제를 제안해서 나온 책이 우석훈의 《민주주의는 회사 문 앞에서 멈춘다》이다. 이 책을 열과 성을 다해 만들었고, 지금도 가장 아끼는 책 중 하나다.

물론 나의 관심보다 독자의 관심에 더 방점을 찍고 기획하는 경우도 있다. 아니, 더 많을 것이다. 출판은 '사업'이고, 책이란 팔아야 하는 '물건'이기도 하니까.《공부의 미래》가 그렇게 나왔다. 한국에서 '교육'이라는 키워드는 '장사'가 될 가능성이 매우 높다. 기획안을 쓸 때부터 제목을 이미 지어놓고 맞춤한 저자를 찾아 헤맸다. 《한겨레신문》기자이자 디지털 인문학자인 저자 구본권을 발견했다. 메일로 저자에게 기획안을 보내자 답메일이 왔다. 자기와 비슷한 생각을 하고 있는 사람이 있어서 반갑다고 했다. 우리는 바로 미팅을 갖고 계약서에 사인했다. 이렇게 순조롭게 계약이 진행될 때 편집자는 가장 행복하다.

몇 가지 예일 뿐이다. 기획은 정말 여러 가지 방식으로 이루어진다. 작가가 신문에 쓴 칼럼 한 편에서 단초를 얻기도 하고(《탈코르셋: 도래한 상상》), 페이스북에 올린 작가의 한 문장에 꽂혀 제목이 나오기도 하고(《여자를 모욕한 걸작들》), 신문 인터뷰를 보다가 저자를 발굴하기도 한다(《복지의 원리》). 작가들과 대화를 나누다 불쑥 콘셉트가 튀어나오는 경우는 숱하다.

그렇다고 이 모든 기획이 다 '희소'한 것은 아니다. 없는 이야기가 아니다. 소크라테스 이후로 세상에 새로운 것은 없고, 우리가 배워야 할 것은 모두 유치원에서 배운다지 않은가. 그럼에도 불구하고 책은 계속 새로 나온다. 같은 이야기는 되풀이되고 또 되풀이된다. 우리는 시대와 시절의 흐름에 맞게 쓰이고 또 쓰이는 책들에 다시금 공감하고 또 공감한다.

폴 김과 김인종이 함께 쓴 책《아주 정상적인 아픈 사람들》에 이런 말이 나온다. "어떤 사람들은 깨달았다고 하지만, 그 사람의 앎이나 깨달음이 나의 정답이 되지 않습니다. 나는 내가 경험하는 답을 가져야 합니다." 어쩌면 존재해야 하는 단 한 가지 이야기(깨달음)를 저마다 자기만의 방식으로 풀어놓은 것이 책이라는 물건일지도 모른다. 그 유일무이한 저마다의 경험들이 책이 되어서 나온다. 편집자는, 마케터는, 디자이너는 그것을 오로지 단 한 권의 책으로 보이도록 돕는 조력자일 것이다.

최고의
복수

SEASON 2 ——————— 편집자의 사생활

노조가 있는 회사에 다닌 적이 있다. 어쩌다, 정말 어쩌다 노조위원장을 맡게 되었다. 그때 이야기를 쓰자면 눈물과 콧물 없이는 읽을 수 없는 고난과 수난의 기록이 될 것이지만, 이만 대폭 생략한다. 요약하자면 회사와 나(노조)는 징글징글하게 싸웠고, 결국은 노조가 졌다. 처참하게 졌다. 그 여파로 몇 개월을 시름시름 앓다시피 하며 회사를 다녔다. 비단 나뿐만이 아니었다. 노조에 참여했던 모두가 그랬다. 그러던 어느 날, 선임이 나를 회의실로 불렀다.

"고팀장, 잠깐 나 좀 볼까요?"

나는 노트와 필기구를 챙겨서 회의실로 들어갔다. 선임이 내게 말했다.

"내일부터 팀장이 바뀔 거예요. 새로운 팀장이 올 거예요."

"네? 그게 무슨 말씀이시죠?"

"내일부터 인문사회팀에 새로운 팀장이 올 거예요. 고팀장은 팀원 없이 1인 팀이 될 거고, 팀장 직함은 없어집니다."

"네? 갑자기 그게 무슨 말씀이시죠? 왜요?"

"회사에서 내린 결정입니다. 그렇게 결정이 났어요."

침묵. 나는 몇 초 동안 아무 말도 하지 못했다. 상황을 이해하려 애썼다. 내가 드디어 입을 열었다.

"제가 무슨 잘못을 했나요? 그렇다면 말씀을 해주시죠. 그래야 저도 받아들일 거 아닙니까."

"으음, 회사의 종합적인 판단입니다."

"'종합적인' 판단이라니요? 좀 더 구체적으로 말씀해주세요. 저희 팀이 성과가 나쁜 것도 아니고, 책 잘 만들고 있는데, 도대체 무슨 이유로 이렇게 갑자기 인사이동입니까?"

"회사의 종합적인 판단입니다…."

나는 나에게 이 사실을 전달한 선임을 비롯해, 인사팀 팀장과 대표에 이르기까지 구두로, 메일로 몇 번을 이번 인사이동의 이유에 대해 묻고 항의했지만, 돌아온 대답은 한결같이 "종합적인 판단"이라는 말뿐이었다. 아마 회사는 이번 인사이동으로 나를 내보내려고 작정한 것이었을 테다. 그들은 차마 내가 노조 활동을 너무 열심히 해서 너를 내보내는 것이라고 말하지 못했다. 그것은 법적으로 어긋나는 일이니까.

바로 다음 날, 진짜로 새 팀장이 왔다. 그가 무슨 잘못이 있겠나? 입사 지원을 했고 뽑혔으니까 그냥 일하러 왔겠지. 그는 인문사회팀의 새 팀장이 되었고, 나는 혼자가 됐다. 그 이후로 회사 다니는 것이 지옥 같았다. 아직은 나와 함께 노조 활동을 한 여러 친구들이 회사에 남아 있어서 그들에게 의지하며 버텼다. 그런데 그들도 하나둘씩 회사를 떠나기 시작했고, 나도 결국 사표를 내고 말았다. 혼자가 되고 3개월 만에 나는 회사를 떠났다. 결국 회사가 이긴 것이다.

최고의 복수는 잘 사는 것이라고 했다. 나는 회사를 떠난 후로 잘 먹고 잘 살고 있지만, 그때를 생각하면 마음이 안 좋다. 안 좋다는 것은 너무 완곡한 표현이고, 실은 그때의 일이 트라우마로 남아 있다. 나는 생전 처음 노조라는 것을 경험하게 되었고, 말도 많고 탈도 많은 나의

16년 편집자 경력에서 그때의 기억은 닫아둔 판도라의 상자로 남아 있다. 지금 그 회사에 대한 감정은 없다. 그 회사도 나름의 방향성이 있겠지. 그것 또한 대표의 판단이겠지.

여러 회사를 다녔다. 많이 돌아다니면서 많이 배웠다. 그중 내가 크게 배운 것이라면 이것이다. 돈도 좋다. 회사는 돈을 벌어야만 하는 곳이니까. 충성도 좋다. 회사는 위계가 있는 곳이니까. 그렇다고 사람의 마음을 이렇게까지 찌르는 것은 아니다. 그런 식으로 회사가 한 인간에게 굴욕감을 주는 일이 있어서는 안 된다. 나는 그런 사장은 되지 않으려고 한다. 회사는 기껏 '회사'일 뿐이다. 회사가 사람을 위해 존재한다. 사람이 회사를 위해서가 아니라.

저자 관리 어떻게 하세요?

우석훈 작가님과 정아은 작가님, 정지우 작가님과 김봉현 작가님과는 벌써 두 번 이상씩 함께 책을 냈다. 이미 호흡을 맞춘 작가들과 작업하는 일은 아무래도 마음이 편하고 즐겁다. 우리는 서로를 어느 정도 파악하고 있으니까.

어느 출판사에서 면접을 볼 때 한 작가와 두 번 이상씩 작업할 수 있었던 비결(?)이 있느냐는 질문을 받은 적이 있다. 편집자 친구나 후배들한테도 이런 질문을 종종 받는다. 출판사를 차리고 계약을 열 건을 했다고 하니까 놀랐다면서, 나보고 저자 관리는 어떻게 하느냐고 묻는다. 정말 나한테 무슨 특별한 비결이라도 있는 줄 안다. "저자 관리라니…. 뭐 특별한 거 없는데? 가끔 책을 보내드려. 새 책이 나오고, 그 책을 선생님들이 좋아할 것 같으면 보내드려. 그게 다야." 나는 이렇게 말하곤 한다. 사실 '관리'하는 작가님들에게 신간을 보내드리는 일은 편집자라면 누구나 하는 일이다. 나만 하는 특별한 일도 아니다.

사실 나한테 '저자 관리'라는 말은 뭔가 찜찜한 뉘앙스가 있다. 저자를 '관리'한다니. 저자를 다루는 무슨 굉장한 처세술이 있어야 할 것 같고, 저자가 떠받들어지고 모셔져야 할 것 같은 그런 존재처럼 느껴진다. 그런데 나는 저자를 '갑'으로, 편집자를 '을'로 생각해본 적이 없다. 저자와 편집자는 그냥 동료라고 생각한다. 하나의 원고를 책으로 만들기 위해 맺어진 한 팀이다. 한 팀으로서 최대한 호흡을 맞추려고 노력할 뿐이다. 마름모 출판사의 계약서에도 저자와 편집자는 '갑'과 '을'로 설정되어 있지 않다. 저자는 그냥 '저작권자'이고 출판사는 그냥 '발행인'이다.

그날 면접에서 내게 '비결'을 물었던 사람에게 나는 김빠지게도 매우 교과서적인 대답을 했다. 내게 작가를 '다루는' 처세술 같은 것은 없다. 나는 그저 작가들을 진심으로 대한다. 작가들과의 인연을 소중히 여긴다. 일로 만난 사이를 넘어 내 삶에 들어온 한 사람으로 대한다. 나와 함께한 이 책으로 작가들이 잘되길 바라고, 인세도 많이 드리고 싶다. 이 책이 다음 책을 쓸 수 있는 동력이 됐으면 좋겠다. 작가들에게 그런 '마음'을 가질 뿐이다. 그게 특별한 기술이라면 기술이랄까.

한 가지, 작가들에게 내가 특별히 '주문'하는 것이 있다면, 원고를 쓸 때 즐거웠으면 좋겠다는 것이다. 쥐어짜내듯, 마감 기한을 지키기 위해 괴로운 마음으로 원고를 쓰는 일은 없었으면 좋겠다. 이민경 작가와 《탈코르셋: 도래한 상상》을 작업할 때 그랬다. 작가가 이러저러한 개인적인 사정으로 집필을 매우 힘겨워했다. 나한테 간곡한 메일을 써서 원고를 기한 내에 끝마치지 못할 것 같다고,

죄송하다고, 어쩌면 작업을 포기하게 될지도 모르겠다고까지 이야기했다. 나는 괜찮다고 했다. 그게 무슨 대수냐고, 마감 기한을 조금 미루면 된다고. 책 조금 늦게 나온다고 하늘이 무너지지 않는다고 했다. 무엇보다 작가님이 즐거운 마음으로, 편한 마음으로 쓰실 수 있을 때 쓰시라고 했다. 그때까지 기다리겠다고.

그 한마디가 작가님의 부담을 많이 내려줬나보다. 작가님은 지금까지 그 이야기를 하며 고마워한다. 심지어 책과 관련된 강연을 할 때도 그 이야기를 한다고 한다. 편집자의 그 말이 이 책을 끝낼 수 있는 힘이 되었다고. 편집자 덕분이라고. 그 책 작업을 끝내고 우리는 친구가 되었다. 종종 안부를 나누면서 서로의 일을 응원한다. 그리고 언젠가 함께 만들 다음 책을 기약하는 사이가 되었다.

원고를 쓰고 있는 작가에게 편집자가 해줄 수 있는 일이 별로 없다. 이따금 독촉이나 할 뿐. 원고 독촉은 편집자의 일이기도 하지만, 때로는 독촉하지 않는 것이 잘한 일이 되기도 한다. 물론 회사에 소속된 편집자는 그만큼 '윗선'의 압박을 감당해내야 하지만, 작가가 끝내는 쓰리라는 것을 내가 믿는 한, 나는 작가의 편이 되어준다. 다 먹고살자고 하는 짓인데, 책을 쓰면서 그렇게 괴로워야 쓰겠나. 나는 작가가 글을 쓸 때 행복까지는 아니더라도 불행하진 않았으면 좋겠다. 되도록 그가 즐거운 마음으로 원고를 썼으면 좋겠다. 내가 작가에게 바라는 것은 그게 다이다.

완벽한 번역이란 있을까?

번역은 윤리의 문제이기도 하다. 사람이 모두 레오나르도 다빈치와 같은 천재이거나 인간의 마음을 꿰뚫는 독심술사는 아니기 때문에, 어떤 문장 앞에서는 망연자실, 진도를 나가지 못하고 그저 머리카락을 쥐어뜯을 때가 있다. 저자가 도무지 나의 문화적 배경으로는 어떤 포인트에서 웃어야 할지 감도 잡지 못하겠는 블랙 유머를 구사하거나, 혹은 내가 태어나기 200년도 훨씬 전에 영국의 어느 방적공장에서 쓰이던 방적기 구조를 자세히 묘사할 때, 마음 같아서는 이 인간(저자)을 당장 찾아가서

멱살을 잡고 흔들어주고 싶을 때가 있다. 도대체 이걸 어떻게 번역하라고?

아, 나는 번역으로 먹고사는 전문번역가가 아니라서 얼마나 다행인가. 번역하는 선생님들은 참으로 고달프겠다는 생각을 많이 한다. 고달픈 정도가 아닐 것이다. 이건 누가 대신 풀어줄 수 없는 문제다. 저자에게 직접 전화를 하거나 메일을 쓰지 않는다면, 어디 물어볼 데도 없다. 저자가 고인이라면 더더욱. 편집자는 완성된 원고를 두고 지적질이나 할 뿐, 대신 번역해주는 사람이 아니다. 번역은 온전히 혼자서 책임져야만 하는 부담이다. (그럴 때 나는 저자에게 살기를 내뿜는 역자의 내면을 느끼곤 한다.)

둘 중 하나다. 목숨 걸고 그 문장을 번역해내거나, 포기하고 대충 얼버무린다. 역자는 도무지 번역되어지지 않는 단 한 문장을 놓고 윤리적 고민에 빠진다. 세상에는 불가능한 것이 많다. 불가해한 것이 많다. 이 문장이 그렇다. 이런 문장은 누구라도 읽어낼 수 없을 것이다. 내가 이 문장을 번역해낸다고 누가 알아줄까? 혹은 번역해내지 못한다고 누가 알까? 그 고민을 현재진행형으로 목도하는 것이 편집자다. 편집자는 번역자의 윤리적 선택을 가장 가까이에서 지켜보게 되는 잔인하고 적나라한 친구다.

그런데 가끔 그런 판단이 설 때가 있다. 아, 이 저자는 이 이상의 글은 쓰지 못하겠구나. 원고를 이 이상의 퀄리티로 끌어올리지는 못하겠구나. 이 역자는 여기가 한계구나. 저자의 블랙 유머와 디테일한 묘사를 구현해내기엔 역량이 모자라는구나. 이번엔 편집자가 고뇌에 빠진다. 편집자는 저자/역자의 역량을 100퍼센트 또는 120퍼센트 끌어내는 사람이어야 한다. 맞는 말이다. 그런데 편집자가 '항상' 100퍼센트 또는 120퍼센트를 끌어내는 것이 가능하다고 생각한다면 그건 현실이 아닐 것이다. 특히 번역에서는 더욱 그렇다. 오역 또는 오역으로 추정되는 문장을 발견해낼 수 있을지언정, 편집자가 그것을 얼마나 높은 확률로 제대로 바로잡을 수 있겠는가. 역자가 해석하기를 포기해버린, 개미지옥 같은 텍스트일 경우에 말이다.

그래서 역자란 편집자가 그 역량에 가장 많이 의존하게 되는 사람이 아닌가 싶다. 그리고 역자란 내가 아는 한 가장 어려운 직업이기도 하다. 역자는 실력을 갖추고 성실해야 하며 심지어 정직해야 하기 때문이다. 가끔 역자의 선택을 지켜보게 된다. 그가 포기해버린, 얼버무려버린 문장들을 발견할 때면 나도 무력해지곤 한다. 내가 할 수 있는 일이 거의 없기 때문이다. 그저 이 문장이 이상합니다, 다시 한번 보아주세요, 요청할 수 있을 뿐이다.

'완벽한' 번역을 바랄 수는 없다. 오역이 없는 번역이란 불가능하니까. 반드시 100퍼센트의 실력을 요구하는 것도 아니다. 사람이란 누구나 실수를 하면서 배워나가는 것이니까. 다만 정직해질 필요는 있다. 나는 모르겠다고, 깨끗이 인정하는 것이 최고의 방법이 아닐까 싶다. 그래야 다음 스텝으로 더 효율적으로 나아갈 수 있을 테니까. 제2, 제3의 다른 방법을 강구해볼 수 있을 테니까. 그게 텍스트를 다루는 사람이 지녀야 할 최소한의 윤리가 아닌가 싶다.

아름다움에 관한 일

나는 편집이 아름다움에 관한 일이라고 생각한다. 책은 내용만 가지고 있는 것이 아니다. 물성을 가지고 있다. 책의 표지 디자인, 크기와 모양, 종이의 무게와 질감 같은 것들이다. 대략 내 경력의 절반쯤을 지날 무렵부터는 나도 책의 물성에 대해 나름의 평가를 내리게 되었다. 이 책 참 잘 만들었네. 이 책은 콘셉트가 좋네. 이 책은 다 좋은데 디자인이 좀 아쉽네. 이 책은 도대체 무슨 책인지 모르겠군…. 책의 내용을 들여다보기 이전에 책의 겉모습만 보고도 이런 판단은 내려진다.

서점에 나온 수많은 책을 보면서 어떤 책이 '아름다운 책'인가 하는 나름의 기준도 생겼다. 책의 모든 요소요소가 얼마나 조화를 이루느냐 하는 것이다. 사실 그것은 책이 얼마나 '예쁜가' 하는 것과는 다른 문제다. 예컨대 최근에는 유유출판사에서 나온 이른바 '공부' 시리즈들을 보면서 책 참 잘 만든다, 하는 생각을 했다.

공부 시리즈는 불특정 다수의 대중을 독자로 삼지 않는다. 분야를 쪼개고 쪼개 더는 쪼갤 수 없을 만큼 아주 작은 단위의 독자를 대상으로 한다. 이를테면《카피 쓰는 법》《독서 모임 꾸리는 법》《끝내주는 맞춤법》《편지 쓰는 법》 같은 책들이다. 그래서 책 제목은 은유를 쓰거나 멋을 부리기보다, 특정 독자에게 책에 담긴 정보를 정확히 전달하는 데만 집중한다. 제목이 담백하다 못해 건조할 지경이다. 표지나 뒷표지에 들어가는 카피들은 미사여구가 주렁주렁 달리기보다 책의 핵심만 콕 집어 정말 간결하게 표현한다.

그런데 책의 이런 콘셉트가 책의 물성과도 딱 맞아

떨어진다. 콘셉트만큼 물성도 간결하다. 손바닥만 한 사이즈에 180쪽 내외의 아주 얇은 책으로 만드는데, 먹1도(흑백)에 흔히 쓰는 책날개도 없애 제작비를 최소화한다. 무슨 공식이라도 있는 듯 책 표지 디자인은 결이 비슷하다. 한 명의 디자이너와 작업하기 때문이다. 늘 같은 디자이너와 함께 작업하면서 편집자는 여러 디자이너와 함께 작업할 때 드는 의사소통의 에너지를 최소화할 것이다. 나는 유유출판사의 '공부' 시리즈가 아름답다고 느낀다. 책의 콘셉트와 내용, 디자인과 물성이 어느 하나 뾰족 튀어나온 데 없이 조화를 이루어 톱니바퀴가 착 들어맞는 느낌이랄까.

내 경험에 의하면 저자와 원고의 영역, 즉 내용의 영역 바깥에서도 섬세함이 필요한 작업이 편집이다. 제목과 표지 카피에서 책날개와 뒷표지 카피에 이르기까지 글의 흐름이 자연스러운가. 본문과 표지 디자인이 이질적이지는 않은가. 책의 분위기에 어울리는 종이는 무엇이고 책 두께는 얼마만 한 게 적당한가. 그리고 함께 일하는 작업자들(디자이너, 제작자)과 그것을 어떻게 조율하여 실제 물

성으로 실현시킬 것인가. 그 모든 것을 판단하고 실행할
때 필요한 것이 조화와 균형 감각이다. 나는 그래서 편집
이 아름다움에 관한 일이라고 생각한다.

연봉은 오르는가

2006년에 첫 직장에 입사했다. 그때 연봉이 2,300만 원 남짓이었다. 당시 학자금 대출을 갚느라 월급에서 꼬박꼬박 100만 원을 저축하고 있었다. 100만 원씩이나! 계산해보면 알겠지만 그러고 나면 남는 것이 거의 없다. 월세 내고 공과금 내고 점심값 내고 나면 그럴듯한 사회생활을 하기란 거의 불가능하다. 그때는 회사 동기들한테 거짓말 하나도 안 보태고 '빌어먹고' 다녔다. 밥도 술도 커피도 얻어먹고 다녔는데, 한번은 친구가 그런 농담을 했다. "고우리야, 아무리 살기 팍팍하다고 제2금융권,

제3금융권에 손대면 안 된다! 뭐 먹고 싶으면 언니한테 말해!" 그 시절을 어떻게 버텼는지 모르겠다. 1년 남짓 만에 1,000만 원이 넘던 학자금 대출을 모두 갚았다. 그러고 나서 바로 퇴사했다.

두 번째 직장에 입사하고 나서 몇 개월간은 저축을 한 푼도 하지 않았다. 너무 '없이' 사는 데, 얻어먹고 사는 데 진저리가 났달까. 월급 들어오는 대로 족족 사고 싶은 것을 사고 먹고 싶은 것을 먹었다. 단 몇 달간이었는데, 아, 그 해방된 기분이란! 나는 빚이 없는 사람이다! 나는 자유인이다! 그 후로는 직장생활을 하는 수년 동안 연봉이 아무리 올라도(보통 '쥐꼬리만큼 오른다'고 표현한다) 더도 말고 덜도 말고 꼬박꼬박 100만 원씩만 저축했다. 조금 덜 얻어먹고 다녔을 뿐이지 풍요로워진 것은 절대 아니었다. 두 번째 회사에서 퇴사할 무렵에는 연봉 앞자리가 3이 되어 있었다.

세 번째 회사에서 퇴사할 무렵에는 그 숫자가 4로 바뀌었고, 네 번째 회사에서도 4를 유지했다. 연봉이 조금씩

올랐다. 네 번째 회사부터는 그나마 좀 숨이 쉬어지는 듯했다. 일은 여전히 힘들었지만 경제적으로는 '조금' 여유를 찾았다. 그때가 거의 10년 차 무렵이었다. 경력 10년쯤 되니 대기업 초봉과 비슷한 수준의 연봉이 된 것이다.

다섯 번째 회사에서는 연봉을 500만 원이나 깎고 갔다. 그 회사의 기준에 비해 내 연봉이 너무 많다고 했다. 내가 미쳤지. 그때 수락하지 말았어야 했을까. 차라리 다른 회사를, 다른 기회를 기다려야 했을까. 어렵게 올려놓은 연봉은 겨우 4,000 초반을 유지하게 되었다. 그런 일도 있다는 것이다. 연봉을 깎고 이직하는 바보 같은 경우도 있다는 것이다. 그리고 1년 반 정도 다닌 내 마지막 회사이자 여섯 번째 회사에서는 연봉 앞자리가 5가 되었다. 나는 그때 편집장 직함을 달고 있었다. 경력 15년 차 편집자의 대략의 연봉이다. 물론 이것은 나의 경우일 뿐이다.

과연 편집자가 얼마나 버느냐고 묻는다면, 그들에게 나의 예시가 답이 될까? 모든 일은 상대적이니까 이 연봉이면 괜찮다는 사람도 있겠고, 너무 짜서 못해먹겠다는

사람도 있겠다. 저마다 나름의 기준이 있을 테니까. 다만
한 가지는 분명하다. 출판사에 소속된 편집자가 아닌 출
판사 바깥에서 일하는 외주편집자, 번역자, 작가들의 경
우 상황은 대체로 더 나빠진다. 외주편집비와 번역료, 원
고료는 내가 출판을 시작한 10여 년 전과 비교해봐도 거
의 혹은 전혀 오르지 않았다. 그리하여 출판계를 떠나는
인력들을 나는 실제로 여럿 보아왔다. 그들은 탁월한 번
역자이자 글쟁이들이었다.

이 상황을 타개할 뾰족한 수가 있느냐고 내게 묻는다
면, 내게도 답은 없다. 그리고 나 개인이 답을 내놓을 수
있는 문제도 아니라고 생각한다. 다만 '책이 안 팔린다'
는 말로 이 모든 얼어붙은 상황들이 다 설명이 될까? 책
이 잘 팔리면, 출판계가 활황인 날이 오면 이 모든 문제들
이 해결될까? 그래서 출판계에 유능한 인재들이 넘쳐나
는 상황이 올까? 책도 좋고, 하고 싶은 일을 하는 것도 좋
지만, 무엇보다 사람을 부르는 매력적인 조건은 돈이 아
니라고 부인은 못할 것이다. 다들, 같이 먹고사는 방법을
찾아보자.

관계는 없다

어렸을 때 나는 극도로 소심하고 내성적인 아이여서, 초등학교 때는 짝꿍이 배정되면 처음엔 눈도 잘 못 마주쳤다. 그 아이가 책상 중간에 선을 그어놓고 넘어오지 말라거나 하는 심술궂은 아이라면, 나는 입도 뻥긋 못하고 그렇게 했다. 선을 절대 넘어가지 않았다. '노'라고 말하지 못하는 성격이었다. 선생님이 발표를 시켜서 교단 앞에 서기라도 하면 목소리가 후들후들 떨리면서 거의 울먹이다시피 했는데, 그 증상은 불과 수년 전까지도 계속됐다. 오래도록 무대공포증 비슷한 걸 안고 살았다고 해야 할까.

하루는 아빠가 술이 적당히 취해 귀가한 날이었다. 아빠는 술을 마시면 기분이 좋아졌는데, 그 즐거운 기분을 내뿜을 표적으로 나를 삼곤 했다. 아빠는 내 방으로 들어와 침대에서 댕굴거리던 나를 뒤에서 끌어안고는 이런저런 질문을 던졌다. 별로 말이 없던 내게서 나의 이야기를 끌어내려고 나름 애를 썼던 것이다. 그때 아빠에게 당시 내 인생 최대의 고민을 털어놓았다. 아이들이 나를 싫어할까봐 두려운 마음이 든다고. 내 할 말도 제대로 못하는 내가 답답하다고. 지금 말로 치면 착한 아이 콤플렉스 같은 걸 앓고 있던 것이 아니었나 싶다. 아빠가 말했다.

"열에 일곱이 너를 좋아하고 셋이 너를 싫어하면 그게 정상이야. 열에 열이 모두 그 사람을 좋아한다면, 그 사람이 이상한 사람이야."

적이 한 명도 없는 것, 그것이 이상한 것이고 문제라고 했다. 아마 '노'라고 말할 줄 아는 사람이 되어야 한다는 뜻이었을 것이다. 행동은 느리지만 결국 생각을 뒤따라간다. 아빠가 해준 그 말이 내 머릿속에 박히고, 그 말을 오래오래 곱씹었다. 나는 아주 느리게, 수년에 걸쳐 조금씩 변해갔다. 나를 싫어하는 사람이 있다는 것, 그것이 큰일 날 일은 아니라는 것을 받아들일 수 있게 되었다. 별수 없지 뭐. 모두가 나를 좋아할 순 없으니까. 결국 나를 싫어하는 그 사람은 내 인생에서 그리 중요하지 않은 사람이 되었고, 그런 사람에게 내 마음의 일부를 소모하지 않게 되었다.

나는 사람에 대해 그렇게 담담해질 수 있게 되었다. 사람에 대해 그런 여유를 가진 사람이 되었다. 사회생활을 하면서 맺은 사소한 짧은 인연의 끈도 길게 이어나갈 수 있는 마음의 기술이랄까, 그런 것을 습득하게 되었다. 또 한편으로 나와 맞지 않는 '아닌 사람들'을 거침없이 끊어내는 잔인한 면도 갖게 되었다. 내가 사람을 이끌거나 조종하려고 한 적이 없는 만큼, 내가 사람에게 끌려다니는 일 또한 없어졌다.

'일만 하고 싶다'는 말을 종종 듣는다. '사람이 제일 어렵다'는 말도 종종 듣는다. 직장생활은 나를 내려놓는 일이라고들 한다. 사업은 비굴해져야 하는 일이라고들 한다. 그런데 정말 그래야 하는 걸까? 나에게는 애초에 '갑을 관계'라는 개념이 없다. 나에게 월급을 주는 사장님도, 원고를 주는 작가님도, 함께 작업하는 디자이너도 나에게는 언제나 '동료'일 뿐이다. 그리고 나의 주변엔 그런 동료들이 많다. 어쩌면 내가 그런 사람들하고만 노는 건지도 모르겠다. 나는 그런 관계들로만 이루어진 세계를 꾸려나가고 싶다.

편집자가 뭐 하는 사람이냐고 묻거든

출판업을 전혀 모르는 사람들은 내가 출판사에 다닌다고 하면, 작가 되시냐고 물어본다. 번역을 하느냐고 물어보는 사람도 있다. 심지어는 출판사가 인쇄하는 곳인 줄 아는 사람도 있다. 이런 사람들에게 은유 작가의 《출판하는 마음》을 권한다.

편집자가 뭐 하는 사람이냐고 물어보면 사실 그게 간단치가 않다. 책을 기획하기도 하고, 교정교열을 보기도 하고, 카피를 쓰기도 하고, 책꼴을 구상하기도 한다. 또

외서 편집자의 일이 다르고, 국내서 편집자의 일이 다르다. 기획만 해도 출판사 메일함을 통해 투고를 받기도 하고, 직접 기획안을 써서 작가를 섭외하는 경우도 있다. 정확히 설명하려면 한도 끝도 없어 대략난감. 이런 분들에게도 이 책을 권한다.

게다가 출판업 비스름한 데서 일하는 분들도(이를테면 신문사) 그냥 신문 연재 모으면 책이 되는 줄 아는 분들도 있어서 처음엔 살짝 당황했다(물론 '책'이 되지 않는 것은 아니지만). 이런 분들에게는 특별히 이 문장을 읽어드리고 싶다.

글의 총합이 책이 아니라는 것. 좋은 글이 많다고 좋은 책은 아니라는 것. 한 권의 책은 유기적인 구조를 갖고 있으며 책을 관통하는 하나의 메시지와 목소리를 가져야 한다는 것….

한편으로는 나같이 출판사에서 오래 근무한 편집자들도 마케터가 하는 일을 세밀하게는 잘 모른다. 마케터는 회사 내부가 아니라 외부에서 더 활발히 활동하는 사람들이다. 그들의 하루가 어떻게 돌아가는지, 마케터가 회사 밖에서 영업을 뛸 때 어떤 방식으로 일하는지, 서점에서 MD와의 미팅은 어떤 식으로 진행되는지 모른다. 그래서 회사 다닐 때 한 1년 정도는 마케터가 돼보고 싶기도 했다. 이런 나에게도 이 책을 권한다.

특히 편집자, 번역자, 디자이너, 제작자, 마케터, MD 등등을 두루 인터뷰하신 은유 작가님에게 경탄을 보낸다. 작가이긴 하지만 그래도 출판사 바깥 사람인데, 이 업을 이렇게 짧은 시간 내에 이렇게 정확히 파악할까. 두루뭉술하거나 실체 없는 얘기가 일절 없다. 멋진 에세이스트인 줄은 진작 알았지만, 실력 있는 르포 작가이기도 하다. 이 책의 재미는 은유 작가에게 크게 빚지고 있지 않나 싶다. 출판계가 어떤 곳인지 궁금해하는 사람들에게, 그래서 나는 이 책을 제일 먼저 권한다.

책의
정신

이은혜 글항아리 편집장의 책《읽는 직업》을 읽었다.
다른 것보다도 이렇게 뻔하지 않은 편집자의 글은 본 적
이 없어서 살짝 놀랐다. 편집자가 편집자의 일에 대해 지
면에 쓰는 글은 어쩔 수 없이 좀 방어적이 되는 것 같다.
거친 사건들은 순화되고 적나라한 입담들은 조신해진다.
관련 저자들이 눈을 시퍼렇게 뜨고 있기 때문이다. 그래
서 편집자들의 글에는 유독 저자와의 '투쟁'은 보이지 않
는데, 이은혜 편집장은 이 투쟁에 대해 쓰고 있다. (장은수
출판평론가께서 저자를 건드리면 반응하는 섬세한 꽃 미모사에 비

유한 적이 있는데) 이 사랑스럽고도 얄미운 미모사들(?!)을 다루는 희로애락에 대해 쓴다.

편집자가 하는 여러 일이 있다면, 이은혜 편집장의 책에서는 이것이 가장 큰 비중을 차지한다. 저자의 가난, 저자의 고집, 저자의 한계, 저자의 신념, 저자에 대한 존경. 이 책에 보이지 않는 플롯이 있다면 이 저자들을 한 명 한 명 거치면서 성장해가는 편집자의 이야기다. 가장 부러웠던 것이 이 지점이다. 그의 성장의 동력에는 책에 대한 믿음이 있다. 이 편집자에게는 책, 그리고 지성에 대한 믿음이 있다. 엄청나게 굳건하고 추호의 의심도 없어서 "트렌드를 좇고 겉치레에 능한 책들"을 엄한 눈으로 바라본다. "요새 누가 좋은 책(안 팔리는 책) 만들어요?" 하는 말을 직접 들어본 적이 있고, "책은 단순한 상품이 아니다"라는 말을 하자고 무자비한 CEO와 싸워본 적이 있는 나는, 이제 책을 바라보는 저런 시선이 신선하기까지 하다. 이제 그런 말을 해주는 선배 편집자가 없다.

나는 가끔 책이 깡그리 사라져버린 세상을 상상해본

다. 어쩌면 그곳은 어둠과 무지가 지배하는 세계라기보다, 인간이 자연의 일부인 세계, 오히려 유토피아에 가까운 세상일지도 모른다. 책이, 문자가 우리를 구원할 수 있을까? 지식이, 지성이 인간을 더 행복하게 해줄까? 나로 말하자면 가끔 세상에 책이 없었으면 좋겠다고 생각한다. 나는 책을 읽지 않는 편집자라고 농담처럼 고백을 한다 (독서력이 달리는 건 사실이다). "편집자라고 꼭 책을 많이 읽어야 하나요?"라고 궤변을 늘어놓곤 한다. 나는 편집자 정체성을 갖기 시작한 지 얼마 안 되었는데, 자꾸 그 정체성을 밀어내려고 한다. '편집자란 어떤 존재인가'를 알리고자 한 것이 이 책의 목적이라면, 편집자가 다 그녀와 같지 않은 것은 확실하다. 그녀와 같이 책에 대한 믿음이 굳건한 사람은 없다. 이 책의 저자는 내가 아는 가장 편집자다.

저자가 책에 쓴 것이 편집자 일의 전부는 아니지만 가장 본질적인 것은 맞다. 편집자는 저자와 함께 자라고, 그 역도 맞다. 편집자가 자라는 만큼 저자도 자란다. 그리고 독자도 자란다. 자라고 변화하고 멈추지 않고 성숙해지는 것. 저자는 책의 정신에 대해 썼다.

편집자가 천직인 사람이 있다면

　나와 함께 일하던 후배 편집자가 이연실이 쓴 《에세이 만드는 법》을 읽고는 그랬다.

　"아, 편집장님, 이분은 저랑 완전히 다른 세상 사람이에요. 파파 할머니가 되어서도 교정을 보면서 편집자 일을 하고 싶대요!"

　"아, 연실 씨? 알지, 알지. 연실 씨는 그럴 거야. 나 전 직장에 있을 때부터 그랬다니까."

　후배 편집자와 함께 동지의 웃음을 나누었다.

연실 씨와는 세 번째 출판사에서 일하던 기간이 겹친다. 그때도 그는 사내에서 열심히 일하는 편집자로 이름을 날리고 있었다. 그의 이름 앞에 관형사를 하나 더 추가하자면, 그는 '사장님이 예뻐하는' 편집자였다. 어느 날 사장님 방에서 호되게 야단을 맞고 돌아 나오는 길에 연실 씨와 딱 부딪친 적이 있다. 나는 절망과 근심에 싸여 푸념을 늘어놓았다.

"연실 씨, 연실 씨는 사장님한테 어디까지 혼나봤어요?"

"사장님요? 아, 저는 사장님이 표지 시안 맘에 안 든다고 막 시안을 공중으로 날려버린 적이 있어요. 다시 해! 하셔가지고… 저는 바닥으로 떨어진 시안을 주섬주섬 줍고…."

"아, 그렇구나. 적어도 편집 때문에 혼나지는 않았네…."

연실 씨는 아마 기억도 못하겠지. 그때 그는 국내서 편집자였고, 나는 세계문학전집을 만들고 있었다. 그렇게 나는 사장님이 쏟아내는 독설을 온몸으로 받아내고 있을 때, 연실 씨는 기획도 잘하고 편집도 잘하고, 무엇보다 일이 좋아서, 즐거워서 연신 방실방실 웃고 다니는, 보면 항상 기분이 좋아지는 그런 편집자였다. 편집자가 천직인 사람이 있다면?! 그러면 연실 씨를 떠올렸다. 그런 그가 부럽기도 했다.

이제 고백하자. 읽으면 자괴감이 들까봐 미루고 미뤄 두었던 책, 이연실의《에세이 만드는 법》을 읽었다. 그가 신문에 쓴 칼럼을 보면서 글을 잘 쓰는 줄은 진작 알고 있었으나, 책이 술술 넘어간다. 잘 쓴다. 아, 너는 작가인가 편집자인가! 에세이란 무엇인가에 관한 자기만의 개념도 잘 정리되어 있고, 따라해보면 좋을 만한 노하우도 충분히 담겨 있다. 아, 너는 역시 훌륭한 편집자로구나!

모 출판평론가님이 그랬다. 편집자가 '선생님' 소리를 듣게 된 것도 몇 년 안 되었다고. 이제 편집자는 문장을 이리저리 만지면서 교정교열만 하는 소극적인 존재가 아니라, 여러 분야에서 숨은 필자/전문가/크리에이터를 적극적으로 발굴하는 기획자 정체성이 강해졌다고. 아마 '편집자'라는 직업에 어떤 오라나 매력적인 지점이 있다면, 이연실 같은 편집자가 많아져서일 것이다. 출판계가 어떤 면에서 조금이나마 풍요로워졌다면 이런 편집자들, 마케터들, 제작자들, 디자이너들이 많아져서 그럴 것이다. 그리고 그들이 조금 더 양지로 나와 자기 모습을 드러낸 덕분일 것이다.

그의 책 프로필 마지막에는 이런 문장이 쓰여 있다. "장래희망은 백발이 돼서도 교정지 든 에코백 메고 저자 미팅 현장과 서점을 누비는 '현직' 할머니 편집자." 꼭 백발이 돼서 교정지를 든 할머니 편집자를 꿈꾸지 않더라도, 출판계로의 진입을 꿈꾸는 젊은이들이라면, 이연실의 《에세이 만드는 법》을 한번 읽어볼지어다.

'좋은' 회사는 어디 있나요?

편집자 이지은 씨를 만나본 적은 없지만, 그의 책《편집자의 마음》을 읽고는 '불굴의' 편집자 상이 떠올랐다. 굉장히 열심히 공부하면서 자기를 끊임없이 성장시켜나가는 사람으로 보였고, 어느새 존경심이 들었다. 경력에 비해 다사다난, 많은 일을 겪은 편집자다. 부당해고나 성희롱, 직장 내 괴롭힘 같은, 회사에서 일어날 법한 나쁜 일들은 모조리 겪었고, 그러면서 자신의 능력에 대한 회의, 회사라는 조직에 대한 좌절도 많이 겪은 것 같다. 그러기에 출판이란 무엇인가, 편집자란 무엇인가에 대해 끈

질기게 고민한 흔적이 책에 고스란히 담겨 있다. 가히 출판에 관한 철학이 분명한 편집자였다.

그는 숱한 좌절을 겪으며 편집자나 출판사 대표들이 쓴 책들, 출판에 관련된 책들을 몽땅 찾아 읽었다는데, 그런 책들을 읽으며 그가 내놓은 지적에 고개가 끄덕여졌다. "'위대한 편집자' 운운하는 책들의 가장 큰 약점은 출판계의 노동조건에 대한 이야기가 전무하다는 사실이다." 그렇다. 편집자를 "볼트·너트쯤으로" 생각하는 대표를 나도 만나보지 않은 것은 아니지만, 나의 이야기를 그의 입을 통해서 들으니 동지애가 모락모락 피어올랐다. 비단 나뿐만이 아닐 것이다. 그의 책을 본 많은 편집자들이 그렇게 생각하지 않을까. 출판계의 '노동조건'에 대한 이야기는 저 구석에 드러나지 않고 처박혀 있다.

아마 그런 얘기를 대외적으로 내놓기엔 리스크가 커서 그럴 것이다. 그러려면 나의 치부 혹은 남의 치부를 드러내야 하고, 그러고 나면 어떤 부메랑이 나를 향해 날아올지 모른다. 그런 일을 당하고 어찌 몸 사리게 되지 않을 수 있을까. 아마 내 잠재의식 어딘가엔 부당함에 목소리 높이려는 나를 검열하는 기제가 장착되어 있을지도 모른다.

편집자들은 원자화되어 있다. 일을 던져주면 무엇이든 해낼 수 있는 아주 능력 있고 실력이 출중한 인재들이 태반이지만, 편집자들은 태생적으로 개인주의자들일 수밖에 없다. 이지은 씨 말대로 그들은 "판단하는 직업"을 가진 자들이다. 한 권의 책을 책임편집한다는 것은 하나의 세계를 자신이 믿는 방향대로 밀고 나가는 작업이다. '편집'이라는 일 자체가 나 자신을 믿지 않고서는 불가능한 일이다. 그러나 한편으로 우리는 각자 자기 자신을 믿을지언정 서로를 의지해본 경험은 별로 없다. 서로 뭉쳐본 경험이 별로 없다.

가끔 이런 생각을 한다. 우리는 정권을 바꾸기 위해 촛불을 들고, 함께 대통령을 끌어내보았지만, 그러고 나서 정작 우리 실생활에서 바뀐 것은 무엇인가? 우리는 '광장'에서는 곧장 목소리를 높이지만, 정작 우리가 일상의 거의 모든 시간을 영위하는 작은 단위, 우리가 소속된 작은 조직에서는 그렇게 목소리를 높이지 못한다. 그러느니 절이 싫으면 중이 떠나고 만다. "평균 근속 연수 3년, 실무 정년 마흔, 출판사의 90퍼센트가 10인 이하의 인원으로 운영되"는 것이 출판계의 현실이다. 베테랑 편집자들은 회사를 바꾸기보다 자기만의 출판사를, 1인출판사를 꾸리는 방향으로 돌아선다. 그렇게 보면 '1인출판사'는 열악한 출판 환경이 만든 기이한 현상일 수도 있겠다는 생각이 든다.

당최 '좋은' 회사는 어디 있나요? 이런 말을 요즘도 후배들에게 듣곤 한다. 종종 '좋은 사장님'들을 보지만, 그야말로 '종종' 본다. 출판계를 떠나야 하나요? 그들은 진지하게 고민한다. 많은 것들이 오래도록 바뀌지 않고 '원래 그런 것'으로 굳어졌다. 우리 다음 세대의 출판인들은 지금과는 다른 출판 환경을 만들 수 있을까? 나는 편집자를, 디자이너를, 마케터를, 제작자를 조직의 부품 정도로 여기는 그러한 사장이 되지 않을 수 있을까? 우리에겐 더 많은 좋은 롤모델이 필요하고, 우리 또한 좋은 롤모델이 되어야 한다고 느낀다. 물론 나부터서가.

나의
베이스는 문학

국민학교 때부터 영화를 보기 시작했다. 처음엔 한 살 터울 오빠의 영향이 컸다. 그때가 홍콩영화의 전성기였는데, 오빠는 〈영웅본색〉이나 〈동방불패〉 그리고 임청하에 푹 빠져 있었다. 가끔 엄마가 집을 비울 때는 야한 영화를 빌려보기도 했다. 오빠가 영화를 너무 좋아해서 엄마는 아예 동네 비디오 가게에 30만 원을 적립(?)해두고 오빠가 마음껏 영화를 빌려보게 했다.

처음엔 뭐 저런 쓸데없는 짓에 돈을 쓰나, 했다가 나

도 중학교 때부터 본격적으로 영화에 빠져들기 시작했다. 내게 깊이 각인된 영화들은 모두 중고등학교 때 본 것들이다. 인생영화로 꼽는 프랑스 영화 〈줄앤짐〉이나 리버 피닉스가 나오는 〈허공에의 질주〉, 뤽 베송 감독의 작품 〈그랑블루〉도 그때 본 영화들이다. 그 뒤로도 좋은 영화는 모래알만큼이나 많았지만, 당시만큼 깊은 인상을 남기지는 못했다. 나는 그때 영화에 대해서는 백지에 스며드는 먹물과도 같았다.

중학교 때였나 고등학교 때였나, 그때는 하교 후에 영화를 세 편까지 본 기억도 있다. 그렇게 봐도 봐도 줄거리가 서로 엉키거나 마지막 영화의 인상이 첫 번째 두 번째 영화를 압도하지 않았고, 하나하나의 잔상이 고스란히 남았다. 영화는 소설처럼 내가 세상과 통하는 하나의 문이었다. 처음 알게 된 이상한 생각들, 기묘한 캐릭터들이 많았고, 내가 사는 세상과는 딴판인 별세계가 끝도 없이 펼쳐졌다.

영화를 보기 시작하고 영화음악을 들으면서 자연스

럽게 팝 음악을 듣게 되었다. 〈프리윌리〉를 보면서 마이클 잭슨의 음악을 듣기 시작했다. 그러다 사이먼&가펑클이나 알란 파슨스 프로젝트, 다이어 스트레이츠에 이르렀고, 너바나의 요절한 보컬 커트 코베인이 내 인생의 첫 아이돌이 되었다.

그때만큼 영화를 열렬히 찾아보고 음악을 열심히 들은 적이 없다. 타르코프스키의 〈희생〉이나 〈내 친구의 집은 어디인가〉 같은 예술영화, 〈바람과 함께 사라지다〉나 오드리 햅번이 나오는 클래식도 그때 다 보았다. 영화잡지도 많이 모았다. 《로드쇼》를 모으는 것으로 시작했고, 《키노》는 살짝 어려워서 즐겨보진 않았지만 《프리미어》의 창간과 폐간을 지켜보았다. 포스터가 유명한 영화들, 〈흐르는 강물처럼〉이나 〈베티 블루 37.2〉 같은 영화 포스터는 다 가지고 있었다고 봐도 좋다. 내가 가장 아끼는 포스터는 〈뱀파이어와의 인터뷰〉에 나왔던 브래드 피트의 쓸쓸하고도 아름다운 흑백 포스터였는데, 내가 독일에 다녀온 사이 할머니가 그것들을 다 처분해버렸다.

당시에는 영화기자 같은 것을 해볼까 하는 생각도 했다. 그런데 곰곰 생각해보니 영화 역사 이제 100년, 내가 '파기'에는 짧다는 생각이 들었다(나 그때 살짝 건방졌나보다). 결국 문학을 공부하기로 마음먹었다. 문학이 내가 보고 들은 그 모든 영화와 음악들을 한꺼번에 아우르는 가장 큰 카테고리이자 원천이라고 믿었다. 나는 나름 문학소녀이자, '돈 안 되는' 인문학을 선택한 기구한 소녀였다.

그렇다고 문학을 공부한 걸 후회해본 적은 없다. 나는 문학이야말로 내가 책을 만드는 데 베이스와 같은 역할을 해준다고 믿는다. 문학이 나를 더 유연한 사람으로 만들었고, 부분이 아니라 전체를 보게 했으며, 미에 대한 감각을 길러주었고, 취향이랄 것을 만들어주었다. 어렸을 적 보았던 영화나 책들, 음악들이 내가 지금 책을 만드는 데 큰 밑천이 되어주었다. 아니 그것들이 내 밑천의 전부일지도 모른다. 아직도 종종 생각한다. 그 시절이 없었으면 어땠을까. 많이 보고 듣고 (대리)경험하는 것. 내가 편집자로서의 자질 같은 것을 가지고 있다면 다 그 시절 덕분일 것이다.

덕후라고 말할 수는 없지만

　지금은 어쩐지 말하기 민망하지만, 고등학교 때 전혜린에 푹 빠져 있었다. 그의 몇 안 되는 에세이집을 모조리 찾아 읽었고, 그가 책에서 이야기하는 작가들도 열심히 따라 읽었다. 헤르만 헤세나 루이제 린저, 에리히 케스트너 같은 작가들이 떠오른다. 무엇보다 전혜린이 공부했던 독일의 도시 뮌헨에 대한 열망이 컸다. 새롭고 이국적이고 낯선 것, 여기와 다른 먼 곳에 대한 어린애다운 동경이었다.

독일어를 전공하고 3년째에 교환학생의 기회가 주어졌을 때, 살면서 처음으로 순수한 행복감을 느껴보았다. 독일에 갈 수 있게 되었다! 내가 꿈에 그리던 곳으로! 그곳에 한번 가보는 것이 내가 품어본 첫 번째 소원이었고, 그 이후로도 여태 다른 소원 같은 것은 가져본 적이 없다. 독일의 뷔르츠부르크라는 작은 대학도시에서 교환학생으로 1년을 보내면서 독일에서 유학할 결심을 굳혔다.

독일문학과 철학을 공부하기 시작했는데, 난관은 철학이었다. 어느 철학 수업에서 영국 철학자 데이비드 흄의 텍스트를 독일어로 공부하게 되면서 결정적으로 슬럼프가 왔다(아니, 영국 철학자가 쓴 영어 텍스트를 독일어로 공부하는 게 말이 되는가?). 내가 부전공을 잘못 선택했거나(조금 더 만만한(?) 것을 선택해야 했다!), 시작하기도 전에 지레 겁을 먹어버린 것이다. 나는 부전공 없이 공부를 끝낼 수 있는 더 간단한 학과 과정을 선택하고 5학기 만에 한국으로 돌아왔다.

독일에 살면서 박사과정까지 밟겠다는 것 말고는 진

로에 대해 고민해본 적이 없었다. 토익이나 토플같이 취업을 위한 기본적인 준비도 해본 적이 없었다. 막연히 내가 했던 공부와 비슷한 쪽으로 직장을 잡아야겠다고 생각했고, 그래서 떠오른 것이 출판사였다. 텍스트를 만지는 직업이니 할 만하지 않을까? 그렇게만 생각했지 딱히 그 직업에 대한 기대나 희망 같은 것이 없었다. 그렇게 출판사에서 직장생활을 시작했다.

돈을 벌 수 있다는 것이 좋았지만(학자금 대출을 갚아야 했다) 공부를 더 했더라면 어땠을까 하는 아쉬움이 나를 불만쟁이로 만들었다. 일에서 별로 보람을 찾지 못했고, 내 인생도 목적 없이 그냥 대충 흘러가버리는 것만 같았다. 나는 편집자라기보다 직장인에 가까웠고, 편집자가 천직이라는 사람을 보면 그렇게 부러웠다. 그는 적어도 불행하진 않겠구나. 직업이라는 것은, 직장이라는 것은 그렇게 사람을 불행하게도 행복하게도 만들었다.

어떤 일도 10년 이상을 하면 전문가가 된다고 하지 않나. 직업은 어느 순간 그 사람의 아이덴티티가 되고 핵심이 된다. 하지만 나는 10년이 넘도록 편집자란 직업에 만족하지 못하고 살았다. 정기적으로 슬럼프가 찾아왔고, 그때마다 이직을 했고, 그러면서도 호시탐탐 다른 직업을 엿보았다. 도서관 사서를 해볼까? 번역을 해볼까? 아니면 방송국 같은 데로 취업해볼까? 내가 더 잘할 수 있는, 더 재미있게 할 수 있는 무언가가 있지 않을까? 나는 출판계가 편집자에게 너무 척박한 땅이라고 생각했다.

그렇게 시도 때도 없이 '탈출판'을 꿈꾸던 내가 출판사를 차리게 될 것이라고 누가 상상이나 했겠나. 가끔 나보고 '천생 편집자'라고 하는 사람을 만난다. 그러면 "허허, 저 그런 사람 아닌데요?"라는 말이 후렴구처럼 따라 나왔다. 사실 지금도 그렇게 말한다. 나는 천생 편집자가 아니다. 출판계에 오래 있다보니, 작가들과 직접 교유하면서 원고를 만지다보니 책의 공기가 내게 서서히 스며들었다고 해야 맞겠다. 나는 지금도 나를 '출판'이라는 장르를 어쩌다 탐험하게 된 호기심 많은 한 사람일 뿐이라고 생각한다.

그러나 이제 책을 만드는 일이 나의 핵심이 되어버린 것을 부인하지는 못하겠다. 이제 내가 잘할 수 있고 재미있게 할 수 있는 일이 책을 만드는 일이 되어버렸다. 나는 타고난 편집자가 아니라 편집자가 '되어버린' 사람이다. 그리고 어쩌면 그것이 나의 장점이자 맹점일 것이다. 출판에 목숨 걸지 않았다. 여전히 책 덕후라고 말할 수도 없고, 출판을 사랑한다고 표현할 수도 없다. 하지만 그래서 내게는 책이라는 물건, 출판이라는 일을 한 발짝 떨어져 바라볼 수 있는 여유가 있다. 출판이 혹은 편집이 내 전부가 아니기 때문이다. 그것은 내 '일'이다. '일'일 뿐이다. 내게는 책 말고도 다른 세상이 존재한다. 그런 거리 두기, 그런 균형 잡기가 내가 지치지 않고 출판을 할 수 있는 동력이 된다.

내가 쓴 책은 처음이라

어제는 출판사 대표님으로부터 '저자의 말'을 써달라는 요청을 받았다. 아, 며칠 동안 일 없어서 탱자탱자 놀고 있었는데, 진작 말씀 좀 해주시지! 하고 살짝 짜증을 부려보려고 했으나… 맞다, 실은 알고 있었다. 그가 언젠가 내게 글 한 편을 요청하리란 걸. 내심 대표님이 잊어버렸길, 아니면 '저자의 말' 같은 건 없는 책을 내보내면 어떤가, 하며 딴청을 피우고 있었던 거다.

편집자 경력 16년, 책을 100권을 넘게 만들었는데도 내가 쓴 책은 처음이다. 처음으로 '저자 경험'이란 것을 해보았고, 처음으로 '저자의 마음'이랄 것을 알게 되었다. 이게 책이 될까, 이 책을 누가 읽어줄까, 써놓고 욕을 먹

지나 않을까…. 실은 그런 걱정은 편집자보단 저자의 마음을 훨씬 더 깊이 잠식한다는 걸 이제 알았다. 책을 낸다는 것이 이렇게 살 떨리는 일임을 편집자로서 책을 펴낼 때는 미처 몰랐다. 아, 이제라도 책을 엎어야 하나….

  그렇게 할까 말까 망설이다 많은 선택들이 내려졌다. 2022년, 오랜 회사생활을 청산하고 덜컥 출판사를 차렸다. 이제 편집자가 아닌 무려 출판사 대표가 되어 '내 인생의 프로젝트'를 시작하게 됐다. 하나부터 열까지 실수투성이였지만, 무엇보다 회사를 다니지 않아도 되니(!) 신이 났다. 뭔가 새로운 인생이 펼쳐질 것만 같아 신이 났다. SNS에 나의 시시콜콜한 일상을 남겼다. 독자도 없었고 편집자도 없었다. 기획도 없었고 계약도 없었다. 각 잡고 책을 쓰려고 마음먹었더라면 이 책은 쓰이지 못했을 것이다. 그렇게 책이라기엔 너무나 날것이고, 기록이라기엔 낙서 같은 한 해 동안의 이야기들이 모여서 책이 되었다.

  어떤 목적을 가지고 쓴 글은 아니지만, 책을 만드는

사람의 보이지 않는 작업이 조금이나마 눈에 띈다면 이 사소한 책은 소임을 다한 것이 아닌가 싶다. 책은 제품이지만 하나의 인격이기도 하다. 기계가 아니라 사람을, 저자의 마음을 움직여 글이라는 실을 뽑아내고 책이라는 상품으로 엮어낸다. 책을 만들면서 신기하게도 사람을 어떻게 대할 것인가를 숱하게 고민하게 되었다. 저자를, 그 다음엔 독자를, 그리고 나의 동료들을, 그리고 나 자신을. 편집자는 글을 다루는 사람이지만 결국엔 사람을 다루는 사람이라는 것이 편집자에 대한 나의 정의가 되었다. 이 책에 못다 한 말이 있다면 그 사람들에 대한 감사다.

특히 나의 사소한 글들이 책으로 묶여 '소임'이란 것을 하도록 내 등을 떠민(?) 출판평론가 김성신 선생님께 감사의 마음을 전하고 싶다. 쫄딱 망할지도 모르는데 내 책을 펴내준 신주현 대표님께도. 원고보다 훨씬 더 좋은 추천사를 써준 정지우, 정아은 두 작가님께도. 책에 찰떡같이 어울리는 삽화를 그려준 나의 그림노예 홍종원 작가에게도 감사드린다.

편집자의 사생활

1판 1쇄 발행 2023년 4월 7일
1판 2쇄 발행 2023년 11월 10일

지은이 고우리
펴낸이 신주현 이정희
마케팅 신보성
디자인 조성미
일러스트 홍종원

펴낸곳 미디어샘
출판등록 2009년 11월 11일 제311-2009-33호

주소 03345 서울시 은평구 통일로 856 메트로타워 1117호
전화 02) 355-3922 | 팩스 02) 6499-3922
전자우편 mdsam@mdsam.net

ISBN 978-89-6857-222-7 04810
         978-89-6857-221-0 SET

www.mdsam.net